古今和歌集
新古今和歌集

日本の古典をよむ 5

小沢正夫・松田成穂・峯村文人［校訂・訳］

小学館

写本をよむ

元《げん》永《えい》本 古今和歌集

全巻残っている最古の古今集写本。上下二分冊。上冊最後に「元永三年（一一二〇）七月廿四日」とある。国宝。東京国立博物館蔵

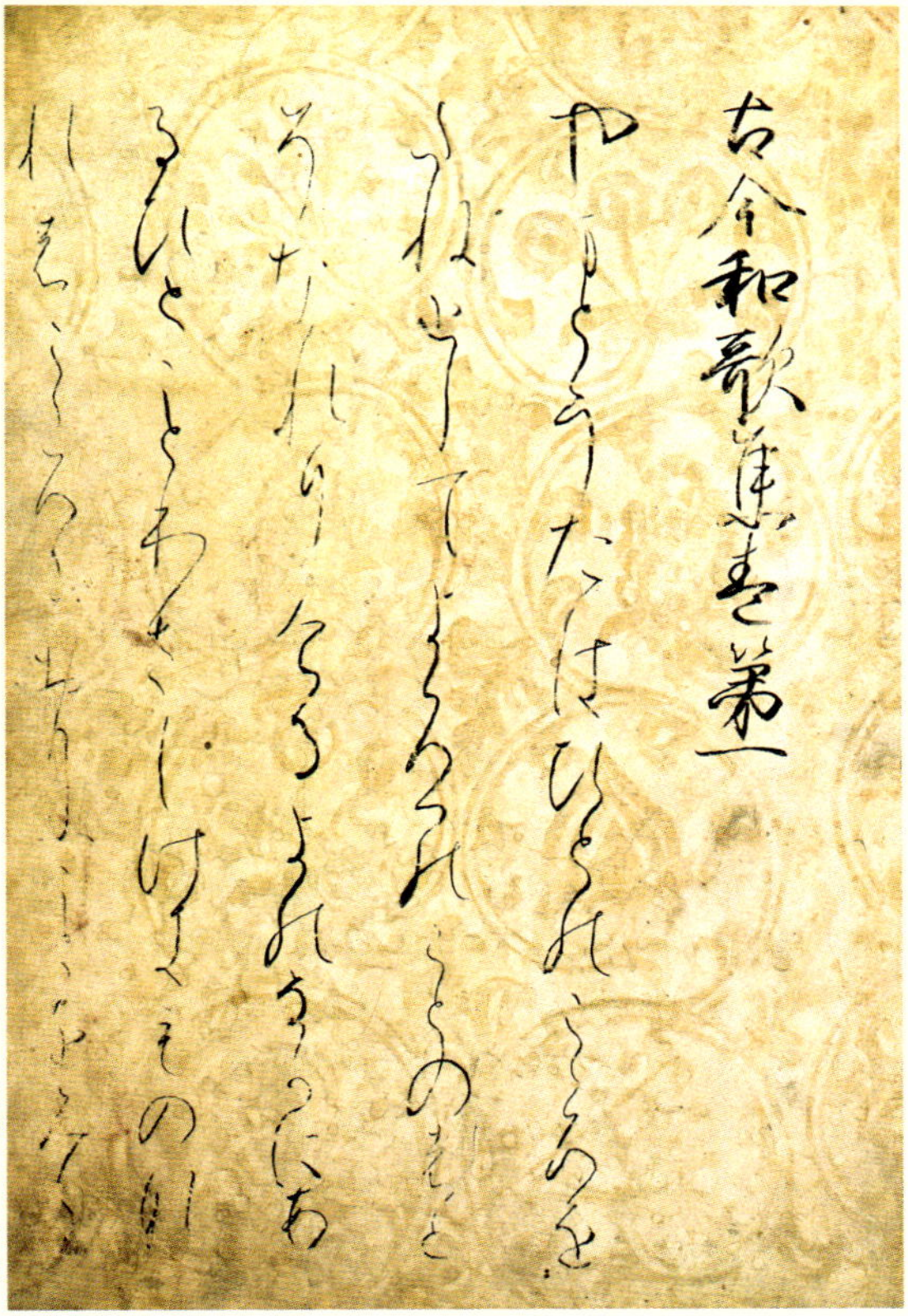

Image: TNM Image Archives

上は「仮名序」冒頭部。句読点と濁点を加えた翻刻を以下に示す。

やまとうたはひとのこころをたねとしてよろづのことのはとぞなれりける。よのなかにあるひと、ことわざしげきものなれば、こころにおもふことをみる

（一五頁参照）

書をよむ

女手《おんなで》表現の三百年

石川九楊《いしかわきゅうよう》

平安中期から鎌倉初期にかけてつくられた八つの勅撰和歌集・八代集《はちだい》の劈頭《へきとう》を飾る『古今和歌集』と、掉尾《とうび》を飾る『新古今和歌集』の間には三百年ほどの隔たりがある。当然歌の表現にも差があり、前者では縁語・掛詞《かけことば》の多用、後者では題詠・体言止めの多用と「有心《うしん》・幽玄《ゆうげん》」と呼ばれる余情の重視などが指摘される。だが、書からみれば、さらに大きな差が認められる。古今時代の書が類的で相似通った表現に終始するのに対し、新古今歌人の書は作者間に個性(むろん近代的なそれとは異なる)が光るのである。

残念ながら古今歌人の紀貫之《きのつらゆき》や在原業平《ありわらのなりひら》の筆蹟《ひっせき》は残っていないが、その時代相は当時の書から窺《うかが》える。九世紀末から十世紀初頭と考えられる女手の成立から十一世紀半ば頃までの和歌の書は、上代様《じょうだいよう》と呼ばれる類的な相貌《かおだち》をしている。たとえば「寸松庵色紙《すんしょうあんしきし》」(1)に見られるように、少しく筆尖《ひっせん》を傾けた筆毫《ひつごう》が紙の上を穏やかな速度で進み、肥瘦《ひそう》の差の少ない瘦《や》せた筆画からなる優美な姿に終結する。これらの書と同様に、古今和歌は、一様なる表現の内にあったに違いない。これら典型的な上代様はさらに展開を見せ、「香紙切麗花集《こうしぎれれいかしゅう》」(2)では、流れ(速度と連続)を拡張した後期上代様とも呼ぶべき姿(「たびねして…」の一行をなぞれば明らか)が出現する。

対して新古今歌人の西行《さいぎょう》・後鳥羽院《ごとばいん》・藤原俊成《ふじわらのしゅんぜい》となると、上代様風の西行、筆画の肥瘦を拡張した後鳥羽院、眼を瞠《みは》らせるような鋭い斬《き》り込みを見せる俊成と、それぞれに筆蝕《ひっしょく》(書きぶり)を異にする。

西行の「一品経和歌懐紙《いっぽんぎょうわかかいし》」(3)は、「つ」「り(里)」「ね」の回転部に、後期上代様で出現する転折風の折り返しの表現が確認されるものの、いわば上代様の系譜に属する、復古調の作風である。

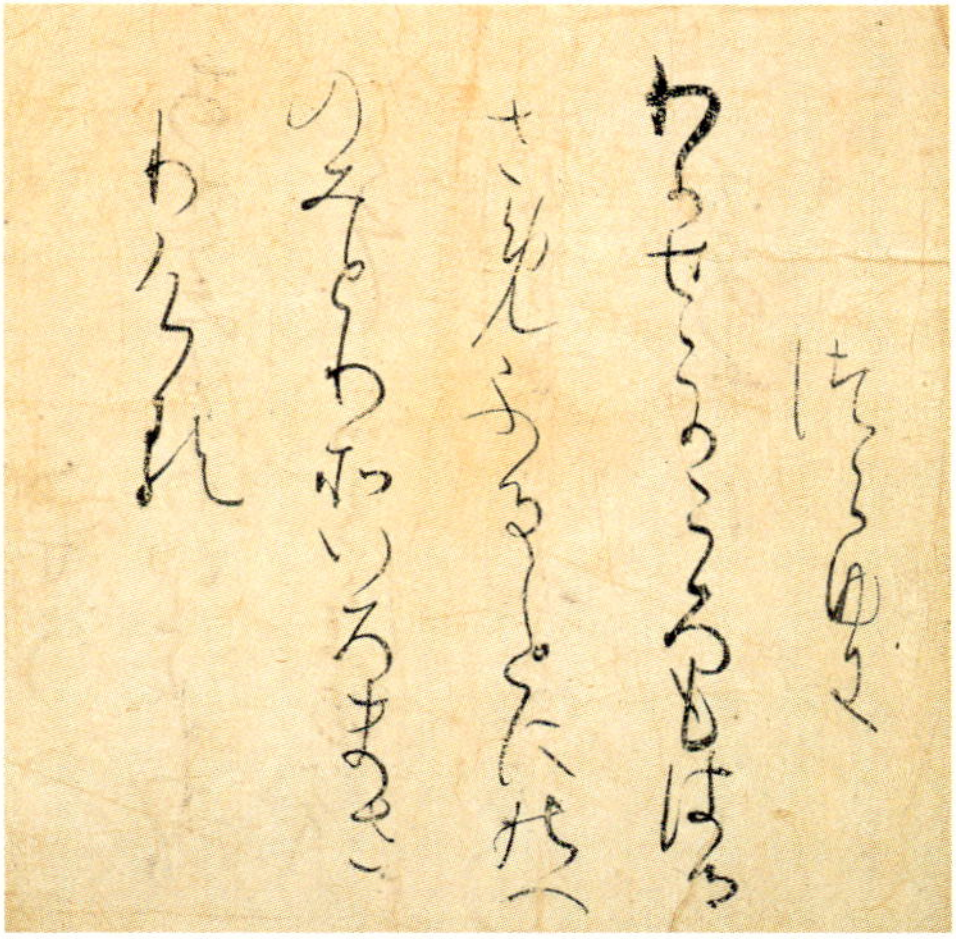

つらゆき
わがせこがころもはる
さめふるごとにのべ
のみどりぞいろまさ
りける

1

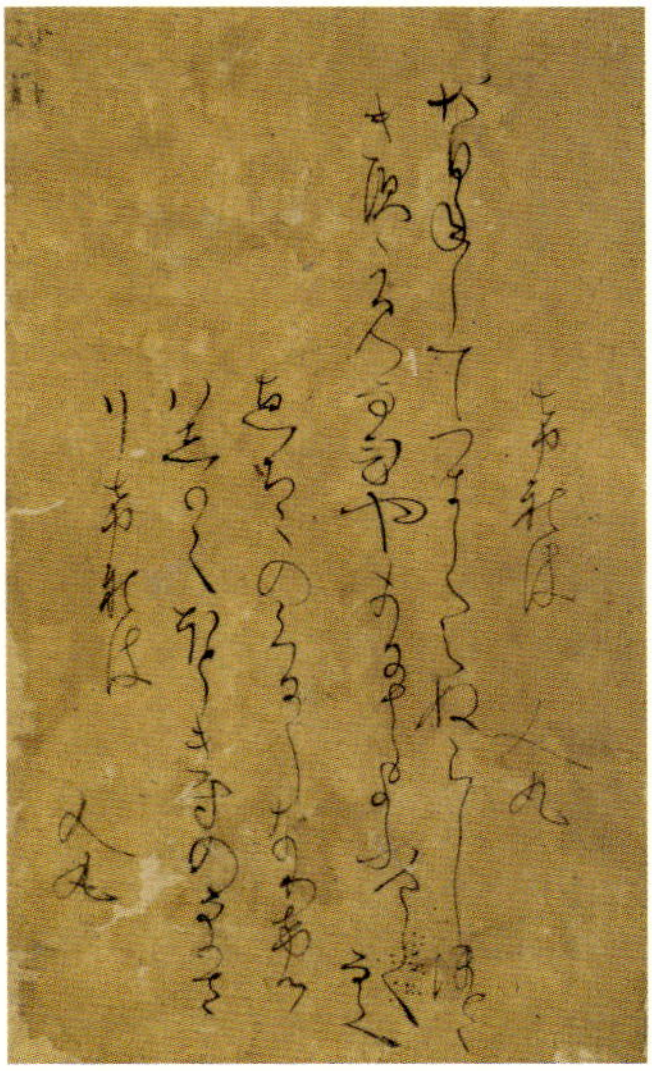

2

けれぱ　人丸／たびねしてつぎてえぬらしほと、
ぎすかみなびやまにさよふけてなく
ゐちごのくに、なりける／はじか（め）てほと、ぎすのなかざ
りければ　人丸

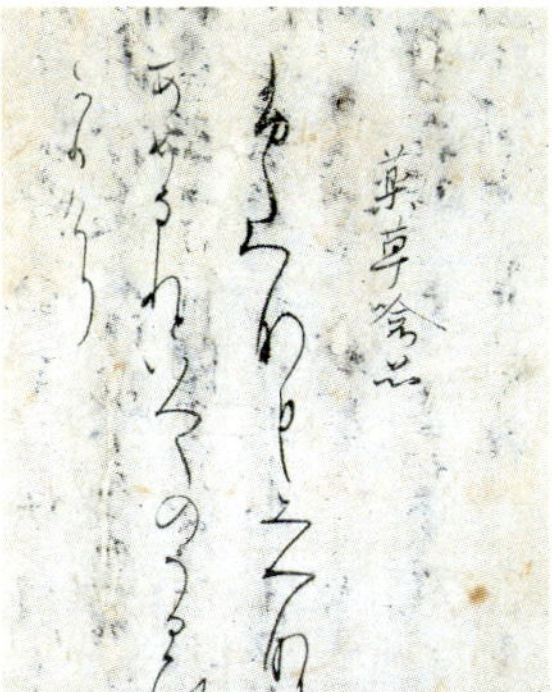

3

円位／薬草喩品／ふたつなくみつなきのりの
あめなれどいつ、のうるひあまね／かりけり

1――「寸松庵色紙」

伝紀貫之筆・前田育徳会蔵

2――「香紙切麗花集」

伝小大君筆・東京国立博物館蔵
Image：TNM Image Archives

3―― 西行筆「一品経和歌懐紙」

部分・国宝・京都国立博物館蔵

また、後鳥羽院は、「熊野懐紙《くまのかいし》」（4）に見るように、女手の筆画の肥瘦、つまり筆蝕の深度を拡張した。これは、もともと和様《わよう》の漢字（漢詩・漢文）に同伴してきた表現であったが、瘦せた筆画を基調とする女手の肥瘦を拡張することによって、漢字と仮名を馴染《なじ》ませ、中世・近世の漢字仮名交り文の書法のモデル、いわば、元祖流儀書道風を見せている。

これらから数段飛躍した表現を見せるのが俊成である（5）。西行に確認された回転部（右肩）の折り返し表現は「お・り（利）」や「み・か（可）・や・わ・つ・か・ち」（翻刻の直線部分）等、頻繁かつ過剰になる。また「いけ（介）る・おもひ（日）・おほ・はりぬる・ものおもへ」（波線部分）等、すでに書き終えた筆画をさらに幾重《いくえ》にも斬り込むような厳しい書きぶりからは、これまでに見たこともないような鋭角的な表現（紙に対する戦略的角度）の誕生がみられる。このような俊成の書は従来「下手《へた》・癖字《くせじ》」として切り捨てられてきた。だが、俊成こそは女手の表現を新しいステージへと導いたのである。俊成は『古来風躰抄《こらいふうていしょう》』で「歌の本躰《ほんたい》には、ただ古今集を仰《あふ》ぎ信ずべき事なり」と述べ、万葉歌（万葉仮名による）から飛躍し、古今和歌（女手による）こそが、和歌の出発点であると宣言した。その女手の書きぶりの深度と速度と角度の拡張の歴史が、古今和歌から新古今和歌への三百年であった。『古今和歌集』の歌の姿は「寸松庵色紙」に象徴され、『新古今和歌集』のそれは西行・後鳥羽院・俊成の集積体にある、と、両集間の表現の差を言ってしまえば、乱暴にすぎるだろうか。そしてつけ加えれば、俊成の子、定家の書は、精神は俊成、肉体は後鳥羽院という、半俊成、半後鳥羽院の風であった。

女手の表現は俊成で終焉《しゅうえん》を遂げ、和歌もまた新古今で終焉を迎えたと言ってよい。その終焉は、大陸の激変、モンゴルによる元《げん》朝の成立の余波として、東海の弧《ゆみ》なりの島に、宋《そう》からの言葉と文字が亡命することによってもたらされたものであった。（書家）

暮炭竈
冬くればさびしさとしも
なけれどもけぶりをたゝぬ
をのゝゆふぐれ

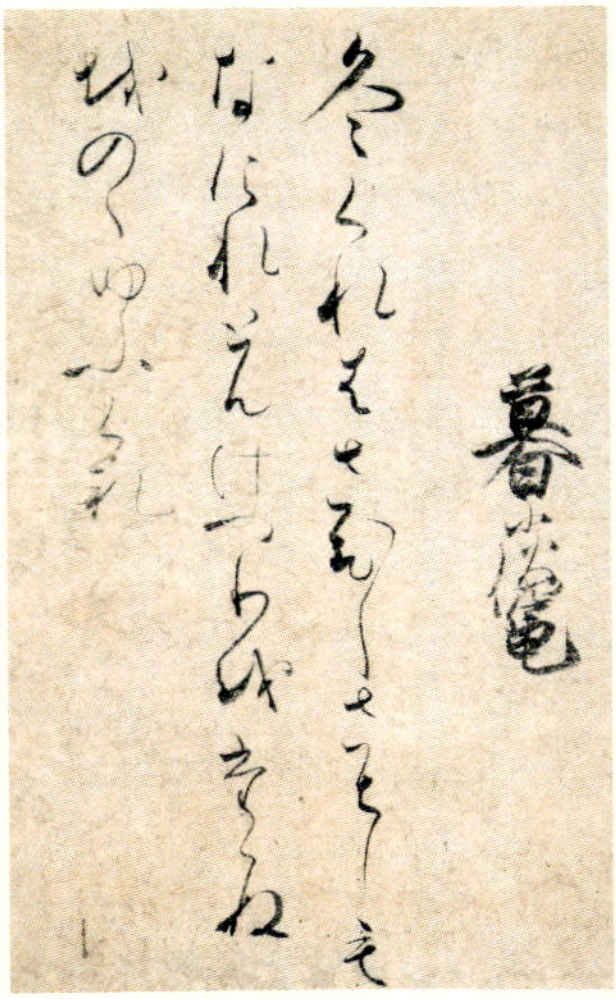

4

5

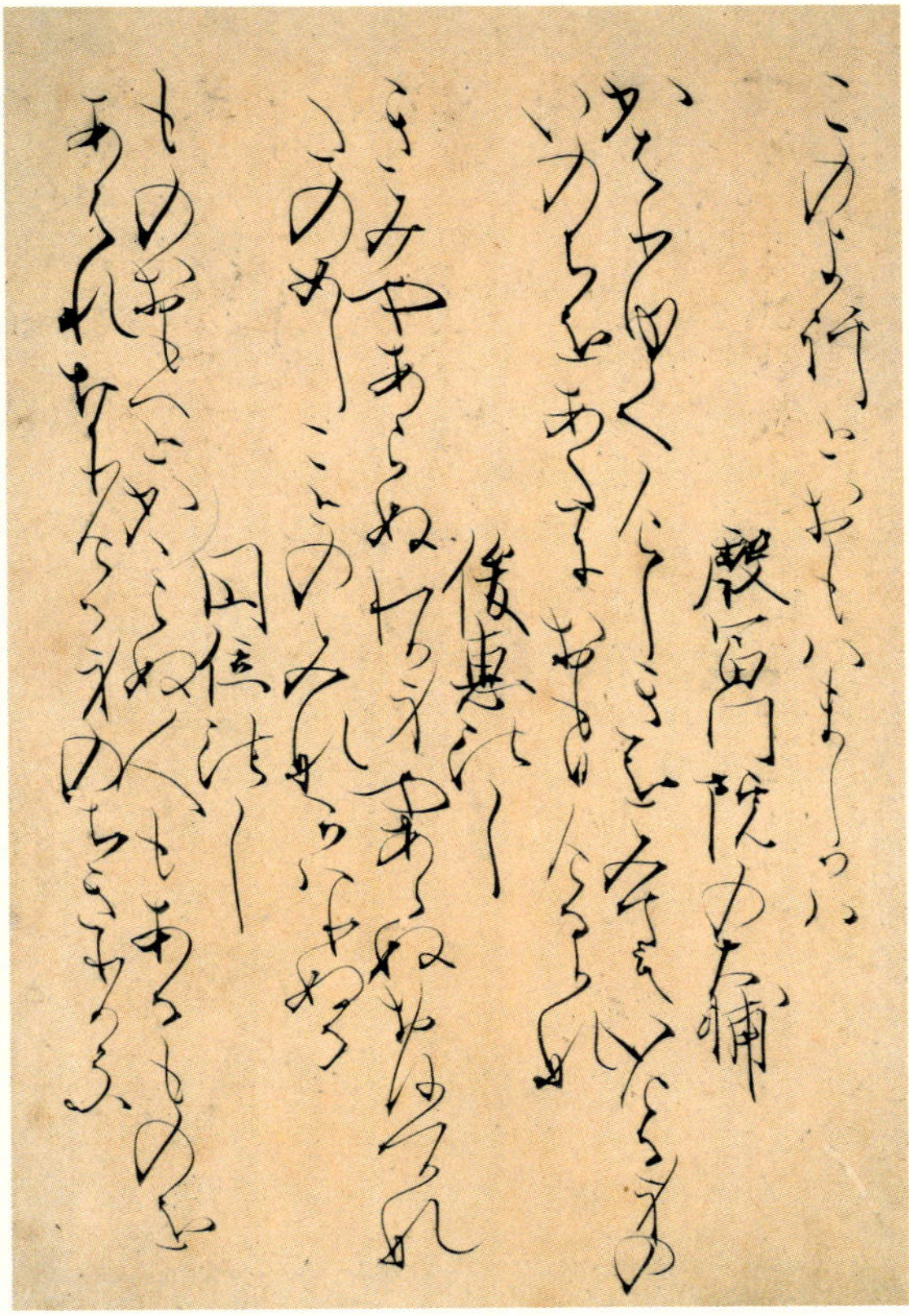

このよ許とおもまはしかば
殷富門院の大輔
かはりゆくけしきをみてもいける身の
いのちをあだにおもひけるかな
俊恵法し
きみやあらぬわが身やあらぬおぼつかな
たのめしことのみなかはりぬる
円位法し
ものおもへどかゝらぬ人もあるものを
あはれなりける身のちぎりかな

5——藤原俊成筆「日野切千載集」
部分・大東急記念文庫蔵

4——後鳥羽天皇筆「熊野懐紙」
部分・五島美術館蔵

美をよむ

真葛《まくず》が原に風騒ぐなり

佐野《さの》みどり

なぜか武具や武装には、時代を問わず秀逸な意匠が多い。武具や武装は、古代より一貫して、精緻《せいち》な技と趣向に富んだ意匠が展開する工芸の場であった。たとえば金蒔絵《きんまきえ》に螺鈿《らでん》で斑猫《ぶちねこ》が雀《すずめ》を狙《ねら》うさまを表した春日大社の「金地螺鈿毛抜形太刀《きんじらでんけぬきがたたち》」の鞘《さや》。男性の着装品である太刀に籠《こ》められた小さき装飾の風流。和鞍《わぐら》もまた、技の見せ場であった。平安末から南北朝では、とくに螺鈿の装飾に見所があり、戦国期から江戸にかけては大胆な金蒔絵の作例が目を惹《ひ》く。

螺鈿とは、夜光貝や鮑《あわび》、蝶貝《ちょうがい》などの光沢面を切りとって嵌《は》め込む技法で、不思議な光輝と力強い文様表現が際立つ豪華な装飾法である。1の「時雨螺鈿《しぐれらでん》鞍《ぐら》」は、鎌倉末期の和鞍で、腰高な形と黒漆《こくしつ》螺鈿の装飾が瀟洒《しょうしゃ》にして力強い装飾美をなしている。夜光貝を用いた螺鈿は風になびく松や葛《くず》を表現し、葉脈を切り透かしたり、幹の屈曲を表すなど、鞍の凹凸のある表面を自在に加飾する技巧は超絶的である。

しかし、この鞍の魅力はそのような技法にのみあるのではない。時雨に打たれ風になびく松や葛の合間に、「時雨」「戀（恋）」といった文字が同じ螺鈿で表されているのである。これは『新古今集』巻十一所収の慈円《じえん》の歌「わが恋は松を時雨の染めかねて真葛が原に風さわぐなり」に基づく葦手《あしで》文様なのである。見事な風流だ。だが、この雅《みや》びな遊びが、わずか十文字分しかない葦手の文字と松や葛の描写で、ただちに慈円の歌であると理解し共感する教養、秀歌を口ずさみ、本歌取《ほんかど》りする中世の和歌文化の背景を前提に成り立っていることを見逃してはなるまい。

『古今集』や『新古今集』は、中近世の教養人にとって必須の知識であり、その詞華《しか》にのっとって、物

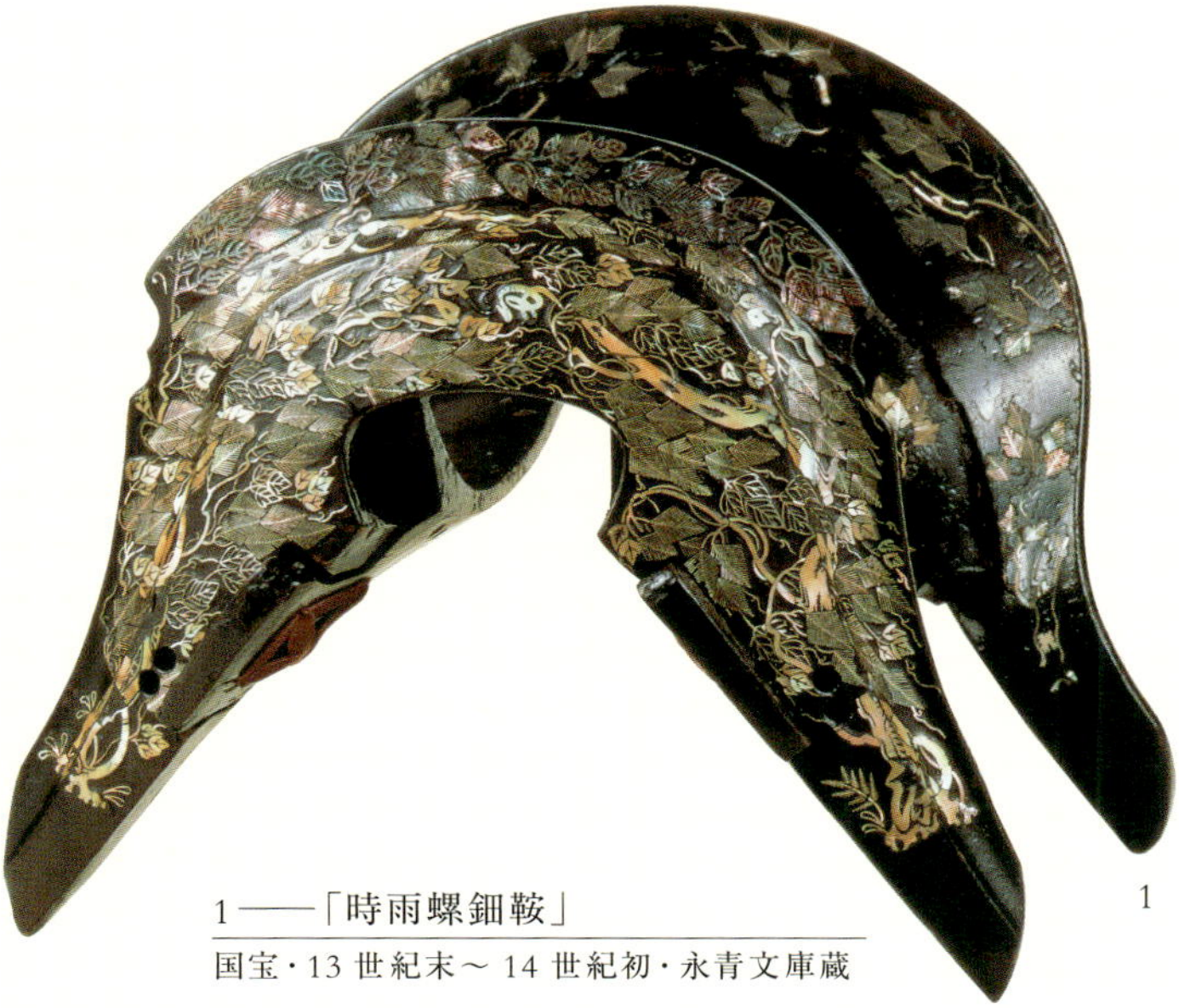

1——「時雨螺鈿鞍」　1

国宝・13 世紀末～ 14 世紀初・永青文庫蔵

2——「春日山蒔絵硯箱」蓋表・蓋裏　2

15 世紀後半・根津美術館蔵。右は蓋表、左は蓋裏。

はな見にと人やりならぬのべにきて／心のかぎりつくしつるかな　『新古今集』巻四・源経信

日暮れば逢人(も)なしまさきちる／みねのあらし(の)をとばかりして　『新古今集』巻六・源俊頼

3

3――「四季草花下絵和歌短冊帖」
俵屋宗達下絵・本阿弥光悦書
17世紀前半・山種美術館蔵
全18作の連作のうち、桜と千羽鶴の短冊2点を上に掲載。

を見、感じたのである。葦手を使った歌意意匠は、そのような中世の古典趣味のひとつの形である。

２の「春日山蒔絵硯箱《かすがやままきえすずりばこ》」も忘れがたい名品だ。足利義政《あしかがよしまさ》愛蔵品として有名なこの硯箱は、蓋表《ふた》に月下の山里、蓋裏に山中の茅屋《ぼうおく》を表している。銀の厚板を嵌入《かんにゅう》した月、高肉《たかにく》の触覚的要素をもちながらも精緻な鹿や秋草、なだらかな土坡《どは》で大胆に区切る構図。その秋草に潜むかたちで、蓋表には「け」「れ(連)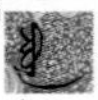」、蓋裏には「は(盤)」「ことに(尓)」の葦手文字。繊細にしてかつ情感あるこの硯箱は、蓋の表裏の意匠で、『古今集』巻四の壬生忠《みぶのただ》岑《みね》の「山里は秋こそことにわびしけれ鹿《しか》の鳴く音《ね》に目をさましつつ」の歌意を表すのである。

この雅びは、慶長期の高台寺《こうだいじ》蒔絵に引き継がれる。豊臣秀吉夫妻所用の斬新《ざんしん》な蒔絵調度類は、新時代における古典教養へのアプローチでもあった。その時代に花開いた宗達《そうたつ》と光悦《こうえつ》のコラボレーションともいうべき和歌巻《わかかん》や色紙《しきし》、短冊《たんざく》(3)の数々からは、時代と古典教養が結実した、慶長期の明るく豪奢《ごうしゃ》な気分が、匂い立ってくる。

(美術史家)

古今和歌集
新古今和歌集

装丁　川上成夫
装画　松尾たいこ
本文デザイン　川上成夫・千葉いずみ
解説執筆・協力　鈴木宏子（千葉大学）
吉野朋美（中央大学）
コラム執筆　佐々木和歌子
編集　土肥元子
編集協力　松本堯・兼古和昌・原八千代
校正　中島万紀・小学館クォリティーセンター
写真提供　内藤貞保・牧野貞之・水無瀬神宮

はじめに――勅撰《ちょくせん》和歌集の歴史

万葉の昔から現代までの長いあいだ、和歌（短歌）というジャンルは、人々が折々の思いを託す器となってきました。星の数ほどの歌集がある中で、ひときわ光彩を放つものに『古今《こきん》和歌集』と『新古《しんこ》今《きん》和歌集』があります。この二つはいずれも、勅撰和歌集、つまり、勅命によって撰者《せんじゃ》が定められ、天皇に奏覧《そうらん》するために編まれた歌集です。

『古今集』は最初の勅撰和歌集で、今から約千百年前の延喜《えんぎ》五年（九〇五）に成立しました。『古今集』が登場するまでの和歌の歴史は、どのようなものだったでしょうか。

『万葉集』の時代が幕を降ろしたのち、平安時代初期に第一級の文学として尊重されたのは、漢詩文でした。天皇の周《まわ》りに腕に覚えのある文人官僚たちが集い、文章経国《もんじょうけいこく》思想（文章制作がそのまま国家経営につながるとする中国由来の思想）を掲げて、漢詩文の創作に勤《いそ》しみました。九世紀前半には、これらの作品をまとめた勅撰漢詩集が立て続けに三つも編まれています。和歌の水脈も途絶えることはありませんでしたが、公《おおやけ》の場からは姿を消してしまいました。この時期を国風《こくふう》暗黒時代、あるいは唐風謳歌《とうふうおうか》時代と呼んでいます。九世紀後半になると藤原《ふじわら》氏が台頭してきます。藤原氏の戦略は、娘を天皇の後宮《こうきゅう》に入れ、生まれた皇子を皇位につけて、外戚《がいせき》として政治の実権を握るというものでした。そのため、後宮を華やかに彩る女性的で私的な文化が重視されることになり、和歌にも再び関心が集まり始めました。また、藤原氏に圧倒され政治の中心から疎外された人々も、みずからの鬱屈《うっくつ》した思いを晴らすために和歌にむかいました。九世紀末には、宮中において大規模な歌合《うたあわせ》が行われたり、優美な大和絵《やまとえ》に繊細な仮名で書かれた和歌を添えた屏風《びょうぶ》が制作されたりしました。こうした状況のもと、醍醐《だいご》天皇の命によって勅撰集が企画されます。醍醐朝は、綻《ほころ》びの見え始めた律令制度を建て直すために、歴史書の編纂《へんさん》や法令の制定などのさまざまな施策が執《と》られた時期でした。勅撰集の編纂もこれらの事業の一環と捉《とら》えることができますが、対象となったのは漢詩文ではなく、宮廷文学として成熟を迎えつつあった和歌だったのです。『古今集』の登場によって、和歌をめぐる状況は大きく変わりました。

『古今集』を規範として、以降次々と勅撰和歌集が編纂されていきました。『古今集』とこれに続く『後撰《ごせん》集』『拾遺《しゅうい》集』の三集は歌風も似通っており、三代《さんだい》集と呼ばれて尊重されています。四番目の『後拾遺集』には和泉式部《いずみしきぶ》や紫式部《むらさきしきぶ》などの平安朝を代表する才女の和歌が収められ、新しい表現も見られます。勅撰和歌集は『古今集』に倣《なら》った二十巻編成が通常ですが、平安後期に相次いで編まれた『金葉《きんよう》集』と『詞花《しか》集』は、十巻ずつの小規模な歌集でした。そして平安末期の『千載集《せんざい》』には中世和歌の萌芽が認められます。

こうした伝統を受け継いで、『古今集』成立から三百年後の元久《げんきゅう》二年（一二〇五）に後《ご》鳥羽《とば》上皇の命によって、八番目の勅撰集である『新古今和歌集』が編纂されました。『新古今集』の特徴として注目したいのは、実に長い期間の歌が選歌の対象となっていることです。この集の中には、古くは『万葉集』に由来する古歌があり、平安朝の名高い歌人の歌も拾いあげられ、さらには撰者である藤原定家《ていか》たちによる、言葉の意匠《いしょう》を凝らした美しい歌も収められています。『新古今集』は、同時代に至るまでの和歌の歴史を内包しており、そのことによって新しい和歌の規範を創造しようとした歌集なのです。『古今集』から『新古今集』までの八つの集を八代集《はちだい》といいます（三〇四頁「八代集一覧」参照）。

政治の実権が武家に移ったのちも、勅撰和歌集の編纂は続けられました。最後の集は永《えい》享《きょう》十一年（一四三九）に成立した、二十一番目の『新続古今和歌集《しんしょくこきん》』です（勅撰和歌集全体を二十一代集と総称しています）。その次の集も企画はされたのですが、応仁《おうにん》の乱の勃発《ぼっぱつ》によって頓挫《とんざ》してしまい、ここで勅撰和歌集の歴史は途絶えました。

本書には、『古今集』『新古今集』の中から厳選した、三百首余りの歌が収められています。この二つの集、そして古典和歌には、まだまだ多くの魅力的な歌があります。本書が、古典和歌の世界への良き懸け橋になることを願ってやみません。

（鈴木宏子）

目次

新古今和歌集

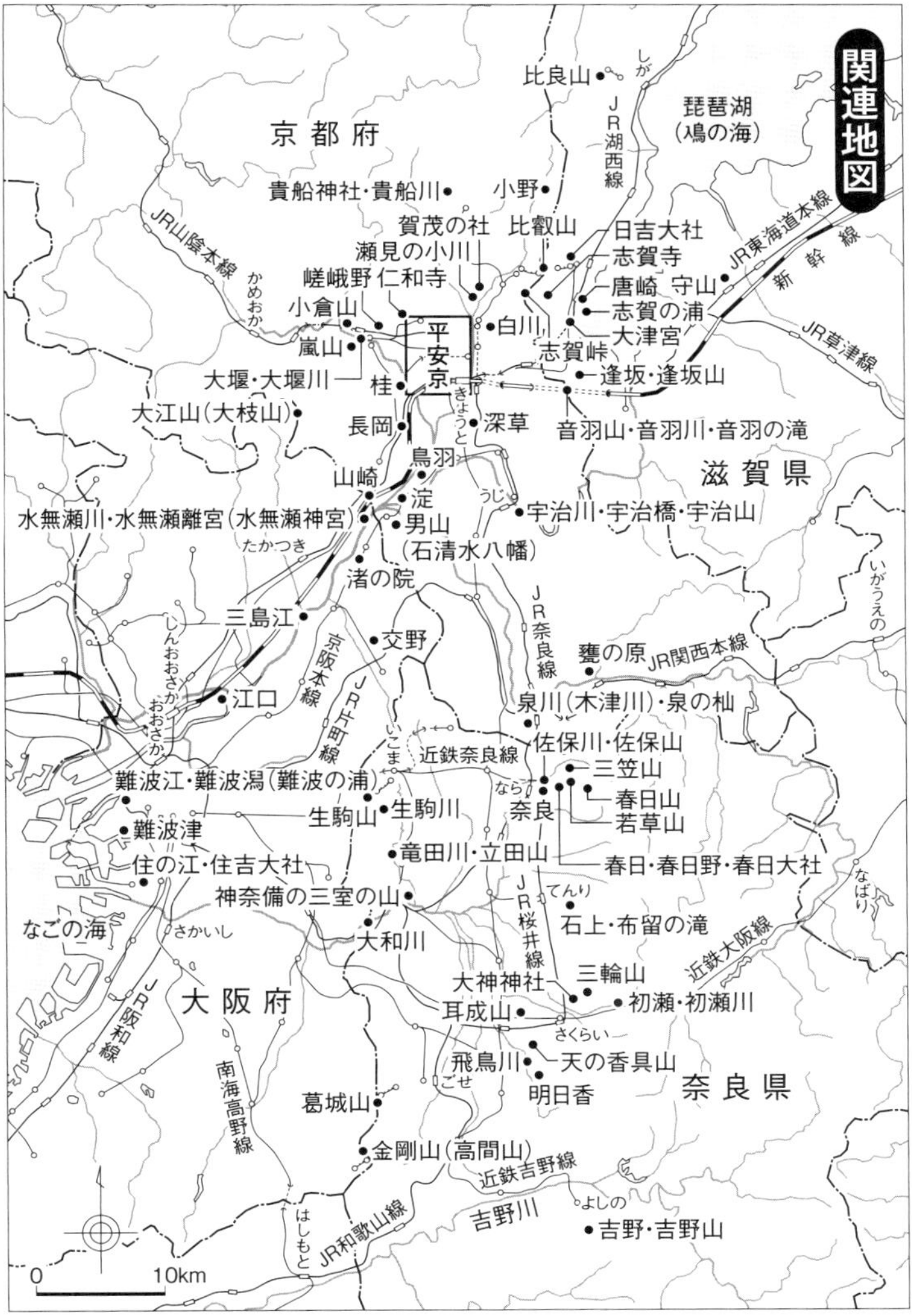
関連地図
京都府
滋賀県
大阪府
奈良県
比良山
琵琶湖
（鳰の海）
JR湖西線
しが
貴船神社・貴船川
小野
賀茂の社
比叡山
日吉大社
志賀寺
瀬見の小川
嵯峨野
仁和寺
唐崎
守山
志賀の浦
大津宮
志賀峠
JR東海道本線
新幹線
JR草津線
JR山陰本線
かめおか
小倉山
嵐山
白川
平安京
大堰・大堰川
桂
逢坂・逢坂山
音羽山・音羽川・音羽の滝
大江山（大枝山）
長岡
深草
きょうと
鳥羽
山崎
淀
うじ
水無瀬川・水無瀬離宮（水無瀬神宮）
男山
（石清水八幡）
宇治川・宇治橋・宇治山
たかつき
渚の院
JR奈良線
いがうえの
三島江
しんおおさか
交野
京阪本線
甕の原
JR関西本線
JR片町線
江口
おおさか
泉川（木津川）・泉の杣
いこま
佐保川・佐保山
近鉄奈良線
三笠山
難波江・難波潟（難波の浦）
なら
春日山
生駒山
生駒川
奈良
若草山
難波津
竜田川・立田山
住の江・住吉大社
春日・春日野・春日大社
神奈備の三室の山
てんり
なばり
JR桜井線
石上・布留の滝
なごの海
さかいし
大和川
近鉄大阪線
三輪山
大神神社
初瀬・初瀬川
JR阪和線
耳成山
さくらい
飛鳥川
天の香具山
ごせ
明日香
南海高野線
葛城山
金剛山（高間山）
近鉄吉野線
よしの
吉野川
吉野・吉野山
はしもと
JR和歌山線
0
10km

凡例

◎本書は、新編日本古典文学全集『古今和歌集』『新古今和歌集』（小学館刊）に収載された歌の中より、両集を代表する著名な歌三百余首を選び出し、歌の本文と、その現代語訳を掲載したものである。
◎掲載順は『古今集』『新古今集』ともに、巻第一から巻第二十までの巻順とし、各巻の冒頭に、その巻の特質を簡潔に解説した。
◎詞書は現代語訳で示し、その後に作者名を実名で付した（官職名等は省略した）。また、次の歌が前歌の詞書を受ける場合は、前歌の詞書を再掲した。本書が前歌を収録していない場合も、前歌の詞書を掲出した。また、掲載にあたっては、わかりやすく変えた箇所もある。
◎歌の本文の下に、新編国歌大観による通し番号（「八四」など）を小字で示した。
◎必要に応じ、現代語訳のあとに解説を付した。
◎本書で採り上げた歌人については、巻末の「歌人一覧」にて解説した。
◎本文中に文学紀行コラム「古今集の風景」「新古今集の風景」を、巻頭に系図、巻末に初句索引を収めた。
◎巻頭の「はじめに――勅撰和歌集の歴史」および『古今集』の「内容紹介」は鈴木宏子（千葉大学）が、『新古今集』の「内容紹介」は吉野朋美（中央大学）が書き下ろした。各歌の解説は、『古今集』については鈴木宏子、『新古今集』については吉野朋美が増補執筆をした。巻末の「解説」は鈴木宏子および吉野朋美の分担執筆による書き下ろしである。

古今和歌集

小沢正夫・松田成穂〔校訂・訳〕

古今和歌集

内容紹介

『古今和歌集』は、日本文学史上最初に編まれた勅撰《ちょくせん》和歌集である。成立は「仮名序《かなじょ》」や「真名序《まな》」に記された日付から、延喜《えんぎ》五年（九〇五）と考えられている（「奉勅《ほうちょく》」の年であったと見る説もある。詳《くわ》しくは巻末解説二九四頁を参照されたい）。撰集の勅命を下したのは醍醐《だいご》天皇、撰者は紀友則《きのとものり》、紀貫之《つらゆき》、凡河内躬恒《おおしこうちのみつね》、壬生忠岑《みぶのただみね》の四人であった。

『古今集』は流布《るふ》本によれば一一一一首の歌を収めており、これを全二十巻に分類している。その内訳は「春上、春下、夏、秋上、秋下、冬、賀《が》、離別、羇旅《きりよ》、物名《もののな》、恋一、恋二、恋三、恋四、恋五、哀傷《あいしょう》、雑《ぞう》上、雑下、雑躰《ざつたい》、大歌所御歌《おおうたどころのおおんうた》・神遊びの歌・東歌」である。まず四季折々の花鳥風月を詠じた「四季歌《しきのうた》」が二十巻中の六巻（三四二首）を占めている。「賀歌」は子どもの誕生や長寿の祝いなど人生の慶賀すべき折々の歌、「離別歌」は遠方への旅立ちに際してやりとりされた歌、「羇旅歌」は旅の最中に詠《よ》まれた歌を収める。「物名歌」は事物の名を隠して読み込んだ、言葉遊び的な歌である。「恋歌」も五巻（三六〇首）を占めている。四季と恋は、『古今集』そして古典和歌の、二つの柱となるテーマである。「哀傷歌」は死にまつわる歌で、人の死を哀悼《あいとう》する歌や辞世《じせい》の歌からなる。「雑歌」はこれまでの分類に収まらない歌を集めたもので、上巻には貴族社会の社交の歌、月を詠じた歌、老いを嘆く歌など、下巻には世の中が不如意《ふにょい》であることを嘆く歌などが見られる。「雑躰」は正統的な短歌から歌体（長歌《ちょうか》、旋頭歌《せどうか》）や内容

（誹諧《はいかい》歌）が逸脱した歌、「大歌所御歌・神遊びの歌・東歌」は歌謡《かよう》として歌われていた歌を収めている。それぞれの巻には、たとえば四季歌が立春から歳暮《さいぼ》までの季節の流れを細やかに映しだし、恋歌が恋の始発から終焉《しゅうえん》までの心の移ろいを捉《とら》えていくというように、工夫を凝らした配列が認められる。『古今集』全二十巻には、王朝人の心の諸相が封じ込められていると言えよう。

『古今集』の歌は現在、第一期（九世紀前半）、第二期（嘉祥《かしょう》三年〈八五〇〉から寛平《かんぴょう》二年〈八九〇〉頃《ごろ》）、第三期（寛平二年から延喜五年〈九〇五〉頃）の三つの時期に分けて把握されている。第一期は「読人《よみひと》知らず時代」とも言われる。『古今集』には四五〇首余り（約四割）の読人知らず歌、つまり作者不明歌が入集しており、それらの中には、万葉歌に似通った古風な表現の歌と、王朝的な繊細な歌とが混在している。万葉歌と平安和歌の橋渡しとなる『古今集』の「古」に属する歌々であるが、これらが第一期の歌であると考えられている。第二期は「六歌仙《ろっかせん》時代」である。六歌仙とは「仮名序」に「近き世《よ》にその名聞《きこ》えたる人」として紹介された六人の歌人で、遍昭《へんじょう》、在原業平《ありわらのなりひら》、文屋康秀《ふんやのやすひで》、喜撰《きせん》、小野小町《おののこまち》、大友黒主《おおとものくろぬし》のことである。これらの人々は九世紀半ばから後半にかけて活躍し、掛詞《かけことば》・縁語《えんご》や見立てを駆使する『古今集』的な新しい表現を開拓した。特に遍昭、業平、小町はそれぞれに個性あふれる歌を残しており、『古今集』を語る上で不可欠な歌人である。第三期は「撰者《せんじゃ》時代」である。この時期には宮中において「寛平《かんぴょうの》御時后宮歌合《おおんとききさいのみやうたあわせ》」や「是貞親王家歌合《これさだのみこのいえのうたあわせ》」（いずれも寛平五年以前の成立）などの大規模な歌合が催され、四人の撰者をはじめとして『古今集』の主要歌人の多くが活躍を開始した。この時期の主な歌人には素性《そせい》法師、伊勢《いせ》、藤原敏行《ふじわらのとしゆき》、藤原興風《おきかぜ》、清原深養父《きよはらのふかやぶ》、在原元方《もとかた》、大江千里《おおえのちさと》、坂上是則《さかのうえのこれのり》などがいる。理知的で典雅な『古今集』的表現が完成した時期である。

仮名序《かなじょ》

『古今集』の序文には、紀淑望《きのよしもち》が書いたといわれる漢文の真名《まな》序と、本集撰者《せんじゃ》の一人でもある紀貫之《きのつらゆき》が書いたらしい仮名序とがある。ここでは仮名序の冒頭、中ほど、末尾を採録する。

やまとうたと申しますものは、人の心を種《たね》にたとえますと、それから生じて口に出て無数の葉《は》となったものであります。この世に暮らしている人々は、さまざまの事にたえず応接しておりますので、その心に思うことを、見たこと聞いたことに託して言い表したものが、歌であります。花間にさえずる鶯《うぐいす》、清流にすむ河鹿《かじか》（鳴き声の美しい蛙《かえる》）の声を聞きますと、自然の間に生を営むものにして、どれが歌を詠《よ》まないと申せましょうか。力ひとつ入れないで天地《あめつち》を動かし、目に見えない霊魂や神を感激させ、男女の間に親密の度を加え、猛々しい武人の心さえもなごやかにするのが歌であります。

やまとうたは、人の心を種《たね》として、万《よろづ》の言《こと》の葉《は》とぞなれりける。世の中にある人、ことわざ繁《しげ》きものなれば、心に思ふことを、見るもの聞くものにつけて、言ひ出《いだ》せるなり。花に鳴く鶯《うぐひす》、水に住む蛙《かはづ》の声《こゑ》を聞けば、生きとし生けるもの、いづれか歌をよまざりける。力をも入《い》れずして天地《あめつち》を動かし、目に見えぬ鬼神《おにがみ》をもあはれと思はせ、男女《をとこをんな》の中をも和《やは》らげ、猛《たけ》き武《もの》士《のふ》の心をも慰むるは歌なり。（略）

当節は世の中が華美に走り、人心が派手になってしまった結果、内容の乏しい浮ついた歌、その場限りの歌ばかりが現れるので、歌というものが好色者《すきもの》の間に姿を隠し、識者たちに認められぬことは埋《うも》れ木《ぎ》同然となり、まじめな公式の場に表立って持ち出せない存在になってしまいました。しかし、歌の起源を考えますと、こんな有様であってはならぬのであります。昔の代々の天子様は、花の咲いた春の朝、月の美しい秋の夜ともなれば、いつもお付きの人々をお召しになり、何事かに関連させて常に歌の詠出をお求めになりました。ある時は花に託して思いを述べるとて不案内の山野をさまよい、またある時は月をめでるために案内人のない知らぬ闇路《やみじ》をまごつき歩いた人々の心中を御覧になって、彼らの賢愚を識別なさったのでありましょう。それだけではありません。あるいは細《さざ》れ石にたとえて君の長寿を祝い、あるいは筑波山《つくばやま》(茨城県中西部の山)に託してお恵みをお願いし、身の程を越えた幸福や心に包みきれない歓喜を人に知ってもらい、富士山の煙になぞらえて人を恋い、松虫の声を聞いて友の身の上に思いを馳《は》せ、高砂《たかさご》(兵庫県高砂市)・住江《すみのえ》(大阪市住吉区)の松までが長年の馴染《なじ》みとして親しまれ、男山《おとこやま》(京都府八幡市の石清水八幡宮)のように強かった壮年時代を思い出し、女郎花《おみなえし》のひときの盛りをかこつ場合にも、歌を詠《よ》むことが唯一のなぐさめだったのであります。

今《いま》の世の中、色《いろ》につき、人の心、花になりにけるより、あだなる歌、はかなき言《こと》のみいでくれば、色好みの家に埋《うも》れ木《ぎ》の、人知れぬこととなりて、まめなる所には、花薄穂《はなすすき》に出《いだ》すべきことにもあらずなりにたり。その初めを思へば、かかるべくなむあらぬ。古《いにしへ》の世々《よよ》の帝《みかど》、春の花の朝《あした》、秋の月の

夜《よ》ごとに、さぶらふ人々を召して、事につけつつ歌を奉らしめ給ふ。あるは花をそふとてたよりなき所にまどひ、あるは月を思ふとてしるべなき闇《やみ》にたどれる心々を見たまひて、賢《さか》し愚《おろ》かなりとしろしめしけむ。しかあるのみにあらず、さざれ石《いし》にたとへ、筑波《つくば》山《やま》にかけて君を願ひ、よろこび身に過ぎ、たのしび心に余り、富士の煙《けぶり》によそへて人を恋ひ、松虫の音《ね》に友をしのび、高砂《たかさご》・住《すみ》の江《え》の松も相生《あひおひ》のやうに覚え、男山《をとこやま》の昔を思ひ出《い》でて、女郎花《をみなへし》のひとときをくねるにも、歌をいひてぞ慰めける。（略）

そうした情趣が失われつつある今の世を憂い、往古の歌人たちを追想する。まず、歌の普及した奈良時代に現れた柿本人麿《かきのもとのひとまろ》を歌《か》聖《せい》と崇め、山部赤人《やまべのあかひと》や『万葉集』に言及する。次に六歌仙たち――僧正遍昭《そうじょうへんじょう》、在原業平《ありわらのなりひら》、文屋康秀《ふんやのやすひで》、喜《き》撰《せん》法師、小野小町《おののこまち》、大友黒主《おおとものくろぬし》を評する。

この時に際し、今上陛下《きんじょうへいか》（醍醐《だいご》天皇）が国をお治めになること、四季のめぐりは九回を数えたのであります。至らぬ所なきご慈愛の波は日本の島々の外まで広がり、広大なご恩恵の陰は筑波《つくば》山《やま》の麓《ふもと》にいるよりもこまやかであります。数限りない政務をご覧になるお暇をさいて、あらゆる方面の事柄をお捨てにならぬという思《おぼ》し召《め》しの結果、昔のことも忘れまい、古くて顧みられないことを再興しようと、今はご自身もご覧になろう、後世にも伝われよとて、延喜《えんぎ》五年（九〇五）四月十八日に、大内記《だいないき》（詔《しょう》勅《ちょく》・宣命《せんみょう》などを起草する役人）紀友則《きのとものり》、御所《ごしょの》所《ところの》預《あずか》り（宮中の書物を保管する役所の次官）紀貫之《きのつらゆき》、前甲斐少目《さきのかいのしょうかん》（甲斐国司の四等官）凡河内躬恒《おおしこうちのみつね》、右衛門府生《うえもんのふしょう》（右衛門府の役人）壬生忠岑《みぶのただみね》らに仰せられ、『万葉集』に入らぬ古歌と私ども自身の歌とを提出させたもうたのであります。

それらの歌の中から、梅を頭《かしら》に挿《さ》して遊ぶ時に始まり、ほととぎすを聞く時、紅葉《もみじ》を見にゆく時、雪を眺める時までの歌、また鶴亀《つるかめ》に託して主君の身を思い、人の長寿を祝う歌、秋萩《あきはぎ》や夏草を見て恋人を思う歌、逢坂山《おうさかやま》（山城《やましろ》・近江《おうみ》国境の山で、京から東国へ向かう交通の要地）まで来て手向《たむ》けの神に旅の安全を祈る歌、さては春夏秋冬の中にも入らない雑《ぞう》の歌などを撰《えら》ばせなさいました。総数は一千首（実数は千百首）で二十巻、名づけて『古今和歌集』と申します。

かようにして、今回の編集がなりましたうえは、歌は山の麓《ふもと》の流れとなって絶えることがなく、また浜辺の砂となってたくさんに集まりましたので、いまや飛鳥川《あすかがわ》の淵《ふち》が瀬に変わるように（一三六頁九三三番歌参照）歌が衰えるとの恨みごとも聞かれず、細《さざ》れ石が大岩石になるまでも（七七頁三四三番歌参照）、永遠に歌の栄えるのを祝う喜びばかりが満ちあふれております。

かかるに、今すべらぎの天《あめ》の下《した》しろしめすこと、四つのとき、九《ここ》のかへりになむなりぬる。あまねき御慈《おほんうつく》しみの波、八洲《やしま》のほかまで流れ、ひろき御恵《おほんめぐ》みの蔭《かげ》、筑波山《つくばやま》の麓《ふもと》よりも繁《しげ》くおはしまして、万《よろづ》の政《まつりごと》をきこしめすいとま、もろもろのことを捨てたまはぬ余りに、古《いにしへ》のことをも忘れじ、旧《ふ》りにしことをも興《おこ》したまふとて、今もみそなはし、後の世にも伝はれとて、延喜《えんぎ》五年四月十八日に、大内記《だいないき》紀友則《きのとものり》、御所所預《ごしよのところのあづかり》紀貫之《きのつらゆき》、前甲斐少《さきのかひのせう》目《くわん》凡河内躬恒《おほしかふちのみつね》、右衛門府生《うゑもんのふさう》壬生忠岑《みぶのただみね》らに仰《おほ》せられて、『万葉集《まんえふしふ》』に入《い》らぬ古き歌、みづからのをも奉らしめ給ひてなむ。

それがなかに、梅を挿頭《かざ》すよりはじめて、郭公《ほととぎす》を聞き、紅葉《もみぢ》を折り、雪を見るにいたるまで、また、鶴亀《つるかめ》につけて君を思ひ、人をも祝ひ、秋萩《あきはぎ》・夏草を見てつまを恋ひ、逢坂山《あふさかやま》にいたりて手向《たむけ》を祈り、あるは、春夏秋冬にも入らぬくさぐさの歌をなむ撰《えら》ばせ給ひける。すべて千《ち》歌《うた》二十《はた》巻《まき》、名づけて『古今和歌集』といふ。

かくこのたび集め撰ばれて、山下水の絶えず、浜の真砂《まさご》の数多く積もりぬれば、今は、明日香河《あすかがは》の瀬になる恨《うら》みも聞えず、さざれ石《いし》の巌《いはほ》となる喜びのみぞあるべき。（略）

人麿《ひとまろ》はすでに故人となりましたが、歌の道は残っていたのであります。今後はたとえ時勢が変遷し、栄枯盛衰がこもごも訪れようとも、この歌の文字だけはきっと永続いたしましょう。この歌集が青柳《あおやぎ》の糸の絶えぬごとく、松の葉の散り失《う》せぬごとく、まさきの葛《かずら》の長くのびるごとく、砂上の鳥の跡の久しく残るごとくに、長く後世に伝わりますならば、歌のあり方を知り、物事の真意義をわきまえているような人は、大空の月を見るがごとく、歌が初めて興隆した古《いにしえ》を仰ぎ、本集の編まれた今の世に必ず憧《あこが》れることでありましょう。

人麿《ひとまろ》亡《な》くなりにたれど、歌のこととどまれるかな。たとひ時移り事去り、楽しび悲しびゆきかふとも、この歌の文字あるをや。青柳《あをやぎ》の糸絶えず、松の葉の散り失《う》せずして、真拆《まさき》の葛《かづら》長く伝はり、鳥の跡《あと》久しくとどまれらば、歌のさまを知り、ことの心を得《え》たらむ人は、大空の月を見るがごとくに、古《いにしへ》を仰《あふ》ぎて今を恋ひざらめかも。

巻第一　春《はるの》歌《うた》上

春の部（陰暦一月～三月）の前半として、立春の歌から咲く桜の歌までを収める。桜は春の歌として最も多く詠《よ》まれ、春歌上と春歌下とにわたっている。

◎旧年中に立春を迎えた日に詠んだ歌――在原元方《ありわらのもとかた》

年《とし》のうちに春《はる》は来《き》にけりひととせを去年《こぞ》とやいはむ今年《ことし》とやいはむ　一

暦の上ではまだ十二月だというのにもう春がやって来たよ。この一年を、去年と呼んだものだろうか。それとも今年と呼んだものだろうか。

陰暦では、新年と立春が重なるのが原則であるが、実際はほぼ二年に一回、旧年中に立春を迎える年内立春となった。「けり」は、今初めて気が付いて詠嘆する意。春が予想外に早く訪れた喜びを「――とやいはむ」という疑問の形で表す。

◎立春の日に詠んだ歌――紀貫之《きのつらゆき》

袖《そで》ひちてむすびし水《みづ》のこほれるを春立《はるた》つけふの風《かぜ》やとくらむ　二

暑かった夏の日、袖の濡《ぬ》れるのもいとわず、手にすくって楽しんだ山の清水――それが寒さで凍《こお》っていたのを、立春の今日の暖かい風が、今ごろは解かしているだろうか。

下句は、『礼記《らいき》』月令《がつりよう》の「孟春《まうしゆん》の月、東風凍《とうふうこほり》を解く」による。中国の古典を取り入れながら、平安朝人の季節の推移にかかわる生活感情を、巧みに形象化している。

三

◎題知らず――読人《よみひと》知らず

春霞《はるがすみ》たてるやいづこみよしのの吉野《よしの》の山《やま》に雪《ゆき》はふりつつ

春になって、霞が立ちこめているのはどこなのであろう。ここ、み吉野の吉野山にはまだ雪が降り続いて、いっこう春になりそうもない。

「霞」は春の訪れを表す景物。「吉野」は奈良県吉野郡一帯で雪深い地とされる。歌の最後の「つつ」は反復・継続の意であるが、この歌では春の遅いのを嘆く気持がこめられる。実際に吉野の里に住んだ人の春を待つ気持が表れた歌である。

四

◎二条《にじょう》の后《きさき》の初春のお歌――藤原高子《ふじわらのたかいこ》

雪《ゆき》のうちに春《はる》は来《き》にけり鶯《うぐひす》のこほれる涙《なみだ》今《いま》やとくらむ

雪の積った冬景色の中に、春がやって来たよ。春を待つ鶯《うぐいす》の涙も寒さに凍っていたが、それも今こそ解けているだろうか。

「鶯」は春を告げる鳥。ここでは擬人化され、小さな涙が想像されている。鶯に対する作者の愛情と上品な機知とが結びつき、高貴な女性の作らしい歌となっている。二条后藤原高子は清和《せいわ》天皇の后《きさき》で、陽成《ようぜい》天皇の母。

◎木の枝に雪が降り積もっているのを詠《よ》んだ歌——素性《そせい》法師

六

春《はる》たてば花《はな》とや見《み》らむ白雪《しらゆき》のかかれる枝《えだ》にうぐひすの鳴《な》く

春になったので、鶯は雪を花だと思っているのだろうか。白雪が降り積もっている梅の枝で、ほら、あのとおり、楽しそうにさえずっているよ。

木の枝に降る雪を花に見立て、しかも、鶯がそう錯覚していると空想した歌。

◎二条《にじょう》の后《きさき》（藤原高子《たかいこ》）がまだ「春宮《とうぐう》（のちの陽成天皇）の母上である御息所《みやすどころ》」と申し上げていたころ、正月三日、御前《おまえ》に召してお言葉を賜っていたところ、日が照っているのに、康秀《やすひで》の頭に雪が降りかかってきた。その光景を后がお詠《よ》ませになった歌

——文屋康秀《ふんやのやすひで》

春《はる》の日《ひ》の光《ひかり》にあたる我《われ》なれどかしらの雪《ゆき》となるぞわびしき

八

春の陽光を浴び、そして春の宮様である皇太子様のお恵みをこうむっている私でありますが、このように頭に雪が降りかかり、そして髪も年とともに白《しら》髪《が》になりました。それが情けないことであります。

珍しい天候に際し、后の命を受けて即吟したものか。「春の日の光」は春宮の庇護《ひご》、雪は白髪のこと。自分の置かれた環境を取り入れて、老いたほかはすべて満足していますとうたった、機知に富む歌。

◎雪が降ったのを詠んだ歌――紀貫之《きのつらゆき》

霞《かすみ》たち木《こ》の芽《め》もはるの雪降《ゆきふ》れば花《はな》なき里《さと》も花《はな》ぞ散《ち》りける　九

霞がたなびき、木々の若芽も張るという春の雪が降るので、花がまだ咲かないこの里でも、きれいな花が散っているようだなあ。

前歌に続いて淡雪《あわゆき》の歌。「霞たち木の芽も」は「はる」の序詞《じょことば》。「はる」は「張る」と「春」を掛ける。「花なき里も花ぞ散りける」と意表をついたところが貫之らしい。

◎寛平御時后宮《かんぴょうのおおんときききさいのみや》の歌合《うたあわせ》の歌――源当純《みなもとのまさずみ》

谷風《たにかぜ》にとくる氷《こほり》のひまごとに打《う》ちいづる波《なみ》や春《はる》の初花《はつはな》　一二

早春の谷風で解けはじめた川の氷の隙間《すきま》ごとに、ほとばしる波――それが春の初花なのかしら。

――春の訪れを川のせせらぎに見いだし、波を花にたとえる。寛平《かんぴょう》初年（八八九）ころ、宇多天皇の母、班子《はんし》女王（光孝《こうこう》天皇后）の邸《やしき》で催された「寛平御時后宮歌合」での作。

◎仁和《にんな》の帝《みかど》が即位なさる前に親王の身分でいらっしゃった時に、ある人にお贈りになった若菜に添えてお詠《よ》みになったお歌――光孝《こうこう》天皇

君《きみ》がため春《はる》の野《の》にいでて若菜《わかな》摘《つ》むわが衣手《ころもで》に雪《ゆき》は降《ふ》りつつ　二一

あなたに差し上げようと思って、春の野に出て若菜を摘んでいると、私の袖《そで》には雪が降りかかりますが、それを我慢して摘んだのが、この若菜です。

――「若菜」は、年頭の祝儀に用いる七種の新菜で、正月の最初の子《ね》の日または七日に摘んで食すると、万病を避けるとされた。『百人一首』に入る。

◎「歌を献上せよ」との帝の仰せがあった時に、詠んで献上した歌――紀貫之《きのつらゆき》

春日野《かすがの》の若菜《わかな》摘《つ》みにや白妙《しろたへ》の袖《そで》ふりはへて人《ひと》のゆくらむ　二二

春日野の若菜を摘みにいくためだろうか。若い女性たちが白い袖を振りながら、遠路を厭《いと》わずわざわざ出かけていくのは。

「春日野」は奈良市東方の春日山麓《さんろく》一帯の野。若菜の名所。「ふりはへて」は、わざわざすること。袖を「振り」を掛ける。勅命《ちょくめい》によっての歌なので、屏風歌《びょうぶうた》（屏風に書いて絵とともに鑑賞する歌）かもしれない。早春の明るい女性風俗を巧みに描いた歌。

◎題知らず――在原行平《ありわらのゆきひら》

春のきる霞《かすみ》の衣《ころも》ぬきをうすみ山風《やまかぜ》にこそ乱《みだ》るべらなれ　二三

春の女神の着る霞の衣は、横糸が弱いので、思いやりのない山風のために、お召し物が破れて乱されるようだ。

――山風で霞《かすみ》が吹き流されるのを、春の女神の衣が乱れることとして幻想的にとらえた。

◎西大寺《にしのおおてら》の付近の柳《やなぎ》を詠《よ》んだ歌――遍昭《へんじょう》

あさみどり糸《いと》よりかけて白露《しらつゆ》を玉《たま》にもぬける春《はる》の柳《やなぎ》か

浅緑色の糸を縒《よ》って掛けて、白露を美しい玉のように貫いている、素晴らしい春の柳であることよ。

――「柳」は春の景物。柳と白露の美しさを糸や玉に見立てた例は本集に多い。「西大寺」は嵯峨《さが》天皇の時に東寺（京都市南区の教王護国寺）とともに建てられた西寺《さいじ》のことだが、現存しない。

◎北に帰る雁《かり》を詠んだ歌——伊勢《いせ》

春霞《はるがすみ》立《た》つを見《み》すてて行《ゆ》く雁《かり》は花《はな》なき里《さと》に住《す》みやならへる　三一

春霞が野山に立ちこめるよい季節になったのに、それを見捨てて北の国に帰ってゆく雁は、花の咲かない里に住むくせがついているのだろうか。

「雁」は秋に日本に飛来し、春に北国に帰る渡り鳥。雁にも人の心があると見て、春に背いて飛び去る心情をいぶかしく思う。

◎梅の花を折って人に贈った時の歌——紀友則《きのとものり》

君《きみ》ならで誰《たれ》にか見《み》せむ梅《うめ》の花色《はないろ》をも香《か》をも知《し》る人《ひと》ぞ知《し》る　三八

あなたでなければ誰《だれ》に見せたらいいのかしら、この梅の花を。色にせよ香りにせよ、ものの美しさを解するあなたにだけ、わかっていただけるのです。

「梅」は桜と並んで春の代表的な花。色と香りの双方を題材とする。あなたこそ梅の花の素晴しさを理解する人なのだ、という気持が言外にあり、人に贈る歌にふさわしい。

◎春夜、梅の花を詠《よ》んだ歌——凡河内躬恒《おおしこうちのみつね》

春《はる》の夜《よ》の闇《やみ》はあやなし梅《うめ》の花色《はないろ》こそ見《み》えね香《か》やはかくるる　四一

春の夜の闇は理屈に合わずわけがわからないよ。暗闇に咲く梅の花はたしかにその色はまったく見えないが、香りは隠しようもないではないか。だからそのありかはすぐわかるよ。

「あや」は「文」で、道理、筋道の意。梅の香りが闇の中を漂うことは、しばしば歌われる。

◎長谷寺《はせでら》に参詣《さんけい》するたびに宿をとっていた家があったが、長らく泊らずにいて、しばらくしてまた訪れたところ、その家の主人が「お宿はこのようにちゃんとありますよ」と言いかけましたので、そこに植えてあった梅の花を折って詠んだ歌――紀貫之《きのつらゆき》

人《ひと》はいさ心《こころ》も知《し》らずふるさとは花《はな》ぞ昔《むかし》の香《か》ににほひける　四二

人の心というものは、さあ変わらなかったかどうか、それはわかりませんが、昔馴染《なじ》んだこの土地では、梅の花は昔のままの香りに匂って咲いていますね。

美しい花に寄せて人情の機微を巧みにとらえている。貫之の代表作として『百人一首』に取られているように、晩年の定家に好まれそうな歌である。「ふるさと」はかつて来たことのある土地。

◎染殿《そめどの》の后《きさき》（藤原明子）のお部屋に、花瓶《はながめ》に桜の枝をお挿しになっていらっしゃるのを見て詠んだ歌――藤原良房《よしふさ》

年《とし》ふればよはひは老《お》いぬしかはあれど花《はな》をし見《み》れば物思《ものおも》ひもなし　五二

長い年月を経てきたので、私は老いてしまった。けれども、今が満開の花のようなわが娘さえ見ていれば、すべての悩みは消え失せる。

藤原良房は人臣として最初に摂政になった人。「染殿」は今の京都市上京区の梨木神社付近にあった良房の邸宅で、娘である明子（文武《もんむ》天皇中宮、清和《せいわ》天皇母）も居住していた。娘を瓶にさした桜にたとえてその栄達を祝い、言外によくぞ自分はここまできたものだという気持が表明されている。

◎渚院《なぎさのいん》で桜を見て詠《よ》んだ歌——在原業平《ありわらのなりひら》

世《よ》の中《なか》に絶《た》えて桜《さくら》のなかりせば春《はる》の心《こころ》はのどけからまし

もしもこの世の中に桜というものがまったくないと仮定したら、人々の春の心は本当にのどかでいられるのだが。

五三

「渚院」は大阪府枚方《ひらかた》市渚元町にあったという惟喬親王《これたかのみこ》の離宮。春はのどかであるべき季節である。それを花が咲くといっては心をときめかせ、散るといっては心配させられ、心の休まる暇がないというのである。複雑な内容を三十一字にまとめ上げたのは、業平独自の手法。

◎花盛りの時に都を遠く眺めて詠んだ歌――素性《そせい》法師

五六

見《み》渡《わた》せば柳《やなぎ》桜《さくら》をこきまぜて都《みやこ》ぞ春《はる》の錦《にしき》なりける

はるかに眺望すると、緑の柳と紅《くれない》の桜をしごき散らしてまぜあわせて、この平安の都は、春の錦そのものであることよ。

都の朱雀大路《すざくおおじ》に植えられていた柳と桜とがモザイク模様を織りなすさまを錦に見立てる。漢詩文的な歌。

◎亭子院歌合《ていじのいんのうたあわせ》の時に詠《よ》んだ歌——伊勢《いせ》

見《み》る人《ひと》もなき山里《やまざと》の桜花《さくらばな》ほかの散《ち》りなむのちぞ咲《さ》かまし

こんな寂しい所に咲いて誰《だれ》も見てくれる人がいない山里の桜よ。いっそ、ほかの花がみんな散りつくした後に咲けばいいのに。きっと人が見に来てくれるよ。

この歌で春の部の上が終わる。桜は咲いているものの、早くも散ることが予想され、愛惜されている。「亭子院歌合」は延喜十三年(九一三)、宇多《うだ》天皇の譲位後の御所亭子院で行われたが、同歌合の現存諸本にこの歌は見当たらない。『古今集』の成立が、仮名序が伝える延喜五年であるとすれば、同歌合の歌は後から補われたことになる(巻末解説二九四頁参照)。

巻第二　春《はるの》歌《うた》下

春の部の後半である。散る桜の歌が続いた後、春を惜しむなどの歌があり、弥生尽《やよいじん》の歌が掲げられて、巻第三の夏の部に連続する。

◎僧正遍昭《へんじょう》に詠《よ》んで贈った歌――惟喬親王《これたかのみこ》

桜花《さくらばな》散《ち》らば散《ち》らなむ散《ち》らずとてふるさと人《びと》の来《き》ても見《み》なくに　七四

きれいに咲いた桜の花よ、散るのならさっさと散ってほしい。散らないといって頑張ったところで、私の昔馴染《むかしなじみ》が見に来てくれるわけでもないのに。

惟喬親王は文徳《もんとく》天皇の第一皇子であったが、染殿《そめどの》の后《きさき》（藤原明子）に惟仁《これひと》親王（のちの清和《せいわ》天皇）が生れたため皇太子となることができず、貞観《じょうがん》十四年（八七二）に出家した。出家以前の知人を「ふるさと人」と呼んだ。都を離れ閑居を余儀なくされた作者が、人を懐かしがると同時に世を憤る気持を、風雅な花に託して表現したもの。「散る」を繰り返すリズミカルな句法は、落花のイメージを鮮明に印象づけている。

◎雲林院《うりんいん》で桜の花を詠《よ》んだ歌――承均《そうく》法師

いざさくら我《われ》も散《ち》りなむひとさかりありなば人《ひと》に憂《う》きめ見《み》えなむ　七七

さあ、桜の花よ。私もおまえのように潔く散ってしまおう。ひとたび盛りの時があったら、その後はきっと人にみじめな姿を見られてしまうだろうから。

京都市北区の紫野《むらさきの》にあった雲林院は、淳和《じゅんな》天皇離宮であったのを常康《つねやす》親王が賜り、のちに親王から遍昭に譲られた。この歌は『素性《そせい》集』に載り、作者に疑いがある。

◎体をそこない苦しかった時に、風に当たるまいと思って、簾《すだれ》や帳《とばり》をすっかり下ろして暮らしていましたうちに、折って花瓶に生けてあった桜が散り際《ざわ》になっていたのを見て詠んだ歌――藤原因香《ふじわらのよるか》

たれこめて春《はる》のゆくへも知《し》らぬまに待《ま》ちし桜《さくら》も移《うつ》ろひにけり　八〇

簾や帳を下ろして閉じこもっていて、春の進み具合も知らないでいる間に、待ち焦《こが》れた桜もまた、散り際になってしまったことよ。

作者が見ているのは花瓶に生けた桜だけ。その花の散ったのを見て、山野の桜の状態を想像し、愛惜する。王朝の女性らしい風流で思いやりの深い心情のこもった歌。

◎桜の花の散るのを詠んだ歌――紀友則《きのとものり》

久方《ひさかた》の光《ひかり》のどけき春《はる》の日《ひ》に静心《しづこころ》なく花《はな》の散《ち》るらむ　八四

日の光がのどかに照っている春の日に、どうして桜の花はあわただしく散っているのだろう。

流麗な調べを通して、美しいもののはかなさを悲しむ作者の心がにじみ出た歌。『百人一首』に入る。

◎題知らず——大友黒主《おおとものくろぬし》

春雨《はるさめ》の降《ふ》るは涙《なみだ》かさくら花散《ばなち》るを惜《を》しまぬ人《ひと》しなければ

春雨の降るのは涙だろうか。桜の花が散るのを惜しみ悲しまない人はいないのだから。

◎亭子院《ていじのいん》歌合《うたあわせ》の歌——紀貫之《きのつらゆき》

桜花《さくらばな》散りぬる風《かぜ》のなごりには水《みづ》なき空《そら》に波《なみ》ぞ立《た》ちける　八九

桜の花びらが散っていった風の名残《なごり》として、水のない空に花びらの波が立っているよ。

「亭子院歌合」は三六頁六八番歌参照。貫之にとって、いわゆる古今風の最も円熟したころの歌。空に舞う花びらを波に見立てた。「水なき空」をはじめ、貫之らしい技巧・構成が見える。「散る桜」の歌群の最終歌。

◎題知らず——読人《よみひと》知らず

春《はる》ごとに花《はな》のさかりはありなめどあひ見《み》むことは命《いのち》なりけり　九七

春がめぐり来るごとに、花の盛りはきっとあるだろうけれど、その花と相逢《あいあ》うことができるかどうかは、それにふさわしい命が私に恵まれているかどうかのことだなあ。

—春の「花」を詠《よ》んだ歌群の中の一首。

◎鶯《うぐいす》が花の咲いた木で鳴くのを詠んだ歌——凡河内躬恒《おおしこうちのみつね》

しるしなき音《ね》をも鳴《な》くかな鶯《うぐひす》の今年《ことし》のみ散《ち》る花《はな》ならなくに　一一〇

散る花を惜しんで鳴いてもしかたがないのに、よく鳴いているよ、あの鶯は。何も今年だけ散る花ではなく、毎年同じことが繰り返されるのを知らないとみえる。

◎題知らず——小野小町《おののこまち》

花《はな》の色《いろ》は移《うつ》りにけりないたづらにわが身世《みよ》にふるながめせしまに　一一三

花の色も私の美しさも、色あせてしまったなあ、私がむなしく世を過ごしてあらぬ物思いにふけっているうちに、花が春の長雨にうたれて散るように。

「花の色」には容色の意もこもる。「ながめ」は、物思いにふける意の「眺め」に、「長雨」を掛ける。「ふる」は「経《ふ》る」と「降る」の掛詞《かけことば》。『百人一首』に入る。

◎山寺に参詣《さんけい》した時に詠んだ歌――紀貫之《きのつらゆき》

やどりして春《はる》の山辺《やまべ》に寝《ね》たる夜《よ》は夢《ゆめ》のうちにも花《はな》ぞ散《ち》りける　一一七

山寺に参籠《さんろう》して春の山辺に寝た夜は、昼間見た景色そっくり、夢の中まではいりこんで花が散っていたことよ。

花の山中に泊った時の幻想的な歌。

◎春の歌として詠《よ》んだ歌――素性《そせい》法師

おもふどち春《はる》の山辺《やまべ》にうちむれてそこともいはぬ旅寝《たびね》してしが　一一六

親しい仲間たちで春の山辺に連れ立って遊びに行き、どこということもなしに、旅寝をしたいものだ。

「おもふどち」とは親しい仲間どうし。当時の人々にとって、自然のふところに浸る小旅行は、楽しみの一つであった。

◎三月《やよい》の末の日に、折からの雨を冒して藤《ふじ》の花を折って、人に贈るのに添えた歌
――在原業平《ありわらのなりひら》

濡《ぬ》れつつぞしひて折《を》りつる年《とし》の内《うち》に春《はる》はいくかもあらじと思《おも》へば　一三三

雨に濡れて、やっとの思いで折った花なのです。今年のうちに、藤の花の美しかるべき春は幾日も残ってはいないと思うものですから。

裏に「私の人生に楽しい青春の日々は残り少ない」と訴えている歌である。業平が官位昇進を権門《けんもん》藤原氏に乞《こ》うて、藤の花を贈ったのだとする説もあるが、真相は明らかではない。

◎亭子院歌合《ていじのいんのうたあわせ》で「春の終わり」として詠まれた歌——凡河内躬恒《おおしこうちのみつね》

今日《けふ》のみと春《はる》を思《おも》はぬ時《とき》だにも立《た》つことやすき花《はな》のかげかは　一三四

春は今日限りだと特別に惜しまない日でさえも、たやすく立ち去れる花の陰だろうか。まして春の最後の今日の日に、たやすく立ち去れるものですか。

春の部の最後の歌。巻末に近づくにつれ、惜春の思いが濃い歌が並べられ、「立つことやすき花のかげかは」で春の部を結ぶ。

巻第三　夏《なつの》歌《うた》

夏の部（陰暦四月〜六月）を収める。全三十四首中、二十八首はほととぎすを詠《よ》んだ歌で、前後に橘《たちばな》・蓮《はす》・夏の月・なでしこなどの歌がある。

◎題知らず——読人《よみひと》知らず

わが屋戸《やど》の池《いけ》の藤波《ふぢなみ》咲《さ》きにけり山郭公《やまほととぎす》いつか来《き》鳴《な》かむ　一三五

わが家の池のほとりの藤《ふじ》の花がみごとに咲いたよ。山ほととぎすは、いつここに来て鳴いてくれるのだろうか。

一　夏の部の巻頭歌。「藤」は晩春の景物。この歌は春から夏への過渡期のものとしてここに置かれた。

◎題知らず――読人知らず

五月《さつき》まつ花橘《はなたちばな》の香《か》をかげば昔《むかし》の人《ひと》の袖《そで》の香《か》ぞする　一三九

五月を待って咲いている橘の花の香りをかぐと、昔親しかったあの人の袖の香りが思い出され、とても懐かしい気分に誘われるよ。

「袖の香」は、衣の袖に焚《た》きしめた香《こう》の香り。この歌によって「橘」は懐旧の思いを喚起する景物であるというイメージができた。

◎寛平御時后宮《かんぴょうのおおんときききさいのみや》の歌合《うたあわせ》の歌――紀友則《きのとものり》

五月雨《さみだれ》に物思《ものおも》ひをれば時鳥《ほととぎす》夜深《よぶか》く鳴《な》きていづち行《ゆ》くらむ　一五三

五月雨の音を聞きながら、物思いにふけっていると、ほととぎすが夜更《よふ》けの空を鳴いて行ったが、いったいどちらへ行くのだろうか。

――うっとうしい五月雨が降り続くころ、じっと黙想していると、ほととぎすがひと声鳴いて、すぐにまたもとの静寂に返った。なんだかほととぎすのあとを追いたいような気持である。

◎蓮葉《はちすば》の上の露を見て詠《よ》んだ歌――遍昭《へんじょう》

一六五

蓮葉《はちすば》の濁《にご》りにしまぬ心《こころ》もてなにかは露《つゆ》を玉《たま》とあざむく

泥中から生じて、その濁った水にも染まらないきれいな蓮の葉の心なのに、何でまた、葉の上の露を玉と見せかけて人を欺《あざむ》くのか。

――『法華経』従地涌出品《じゅうじゆじゅつほん》に「世間《せけん》の法《のり》に染《し》まざるは蓮花《れんげ》の水に在《あ》るが如《ごと》し」とあるのを引用し、「花」を「葉」に変えた。「露」を「玉」に見立てる。遍昭らしい軽妙洒脱《しゃだつ》な歌。

◎月がきれいであった夜の明け方に詠んだ歌――清原深養父《きよはらのふかやぶ》

夏《なつ》の夜《よ》はまだよひながら明《あ》けぬるを雲《くも》のいづこに月《つき》やどるらむ　一六六

夏の夜は短くてまだ宵《よい》のうちだと思っていたら、もう明けてしまったが、西に沈む暇もなかった月は、雲のどの辺に宿を借りているのだろうか。

すぐに夜明けが来るので、月は西の山へたどり着く暇もないだろうと、夏の短夜を誇張した歌。『百人一首』に入る。

◎隣の家から常夏《とこなつ》の花がほしいと言ってきたので、花をやるのが惜しくて、代わりに詠んで贈った歌――凡河内躬恒《おおしこうちのみつね》

塵《ちり》をだにすゑじとぞ思《おも》ふ咲《さ》きしより妹《いも》とわが寝《ぬ》るとこ夏《なつ》の花《はな》　一六七

咲き始めてから、塵一つさえ積らせまいと思っているのです。妻と私が共寝をする「床《とこ》」にちなんだ名を持っている、大切な常夏の花は。

「常夏」はナデシコの別名。夏から秋にかけて長く花を咲かせるので、この名がある。名前の音から「床」を連想させる花。

◎六月《みなつき》の末の日に詠《よ》んだ歌——凡河内躬恒《おおしこうちのみつね》

夏《なつ》と秋《あき》と行《ゆ》きかふ空《そら》のかよひぢはかたへすずしき風《かぜ》や吹《ふ》くらむ　一六八

今日は夏が去り、秋が来る日であるが、その両人がすれ違う空の通い路《かよじ》では、片側だけに涼しい風が吹いていることだろうか。

季節を人になぞらえ、去っていく夏と来る秋とが空の通路ですれ違うと考える。涼しい風は秋の到来を表す。夏の部の最終歌。

巻第四　秋歌上《あきのうた》

秋の部（陰暦七月～九月）の前半として、風、七夕《たなばた》、月、露、雁《かり》や、秋の七草などの歌を収める。風の音や鹿《しか》の声、虫の音《ね》など、聴覚を通して季節の推移をうたう歌も多い。

◎立秋の日に詠《よ》んだ歌――藤原敏行《ふじわらのとしゆき》

秋《あき》来《き》ぬと目《め》にはさやかに見《み》えねども風《かぜ》の音《おと》にぞおどろかれぬる　一六九

「ああ、秋が来たな」と目にははっきりとは見えないが、風の音によってふと感じさせられることよ。

目に見る風物にはまだ変化が現れていないのに、風の音に秋の訪れを感知したというのは鋭い神経である。歌の調べもその秋風を聞いているような感じである。

◎立秋の日に、殿上人《てんじょうびと》たちが賀茂《かも》の河原で川遊びをした時のお供に参上して詠《よ》んだ歌
——紀貫之《きのつらゆき》

一七〇

川風《かはかぜ》の涼《すず》しくもあるか打《う》ちよする波《なみ》とともにや秋《あき》は立《た》つらむ

これはなんと涼しい川風だ。そして、この川風で立った波が川岸に打ち寄せているが、この冷たい波とともに秋が立つのだろうか。

秋が涼しいのは、冷たい波とともに立つからなのだろうと、詩人の想像力を働かせた歌。「立つ」を波と秋とに言い掛けたのは、古今集歌人たちの得意とした技巧である。

◎宇多《うだ》天皇の御代《みよ》の、ある年の七月七日の夜、「殿上人たちよ、歌を献上せよ」とのご命令があった時に、その人たちに代わって詠んだ歌――紀友則《きのとものり》

天《あま》の河《がは》浅瀬《あさせ》しらなみたどりつつ渡《わた》りはてねば明《あ》けぞしにける 一七七

天の河の浅瀬がどこか彦星《ひこぼし》は知らないので、川の白波をたどってうろうろしながら行ったものだから、渡りきらないうちに、夜が明けてしまいましたよ。

「知らなみ（知らないので）」と「白波」を掛ける。彦星が織姫《おりひめ》に逢《あ》えなかったとは、殿上人が歌の詠めなかったことを婉曲《えんきょく》にいったものか。

◎題知らず――読人《よみひと》知らず

木《こ》の間《ま》よりもりくる月《つき》の影見《かげみ》れば心《こころ》づくしの秋《あき》は来《き》にけり 一八四

木の間からもれてくる月の光を見ていると、私の心を悲しみのために消え入らせる秋がとうとうやってきたのだなあと、しみじみと感じる。

―「心づくし」は、心をすり減らす意。秋は悲哀の季節と捉《とら》えられていた。

一九一

白雲《しらくも》に羽《はね》うちかはし飛《と》ぶ雁《かり》のかずさへ見《み》ゆる秋《あき》の夜《よ》の月《つき》

◎題知らず――読人《よみひと》知らず

高い高い空に浮かぶ白雲に仲よく羽を連ねて飛ぶ雁の、その数までが数えられるほどの明るい秋の夜の月よ。

―「月」と「雁」を組み合わせる絵画的な歌。雁は列をなして大空を渡る。

◎是貞親王《これさだのみこ》の家の歌合《うたあわせ》に詠《よ》んだ歌――大江千里《おおえのちさと》

月見《つきみ》ればちぢに物《もの》こそ悲《かな》しけれわが身《み》ひとつの秋《あき》にはあらねど　一九三

月を見ていると、私の連想は際限なく展開して、あれこれと悲しいことだ。私一人だけのためにある秋ではないのだが。

是貞親王は光孝《こうこう》天皇第二皇子。「是貞親王家歌合」は秋の歌だけから成っていたらしく、『古今集』でも秋の部にしか採られていない。下句は『白氏文集』の「燕子楼中霜月《えんしろうちゅうそうげつ》の色、秋来《きた》りて只《ただ》一人の為《ため》に長し」による。「ちぢ」の「千」と「ひとつ」の「一」を対比する。『百人一首』に入る。

◎題知らず――読人知らず

秋《あき》の野《の》に人《ひと》まつ虫《むし》の声《こゑ》すなり我《われ》かとゆきていざとぶらはむ　二〇二

秋の野で人を待つという松虫の声のするのが聞える。「待っているのは私をか」と言って、さあ、訪ねていくとしよう。

野遊びに出た作者たち一行を歓迎する女性を松虫にたとえたものらしい。「松虫」に「待つ」を掛ける。内容・表現がのびのびとして、六歌仙時代の歌風を思わせる。

◎題知らず——読人《よみひと》知らず

ひぐらしの鳴《な》きつるなへに日《ひ》は暮《く》れぬと思《おも》へば山《やま》の蔭《かげ》にぞありける

二〇四

蜩《ひぐらし》が鳴きはじめたのと時を同じくして、日が暮れたな、と思ったのは、その時私のいたのが、山陰だったからなのだ。

—「蜩」と「日暮らし」を掛ける。「…なへに」は、…するとちょうどその時に。

◎雁《かり》の鳴くのを聞いて詠《よ》んだ歌——凡河内躬恒《おおしこうちのみつね》

憂《う》きことを思《おも》ひつらねてかりがねの鳴《な》きこそ渡《わた》れ秋《あき》の夜《よ》な夜《よ》な　二一三

雁は世のさまざまな悲しみを思い連ねて、列を連ねて鳴きながら空を渡っている。秋の夜ごと夜ごとに。

—「思ひつらねて」に雁が列をなして飛ぶことを掛ける。「鳴き」に「泣き」を暗示する。

◎是貞親王《これさだのみこ》の家の歌合《うたあわせ》の歌——壬生忠岑《みぶのただみね》

山里《やまざと》は秋《あき》こそことにわびしけれ鹿《しか》の鳴《な》く音《ね》に目《め》をさましつつ　二一四

山里は秋がほかの季節と比べてひときわ寂しくてならぬものだよ。どこかで鳴く鹿の声にたびたび眠りを覚ましたりして。

―「鹿」は秋に繁殖期を迎えて哀切な声で鳴くことから、秋の景物となる。「山里」は寂しい場所。

◎是貞親王《これさだのみこ》の家の歌合《うたあわせ》の歌――読人知《よみひと》らず

奥山《おくやま》に紅葉《もみぢ》ふみわけ鳴《な》く鹿《しか》の声《こゑ》きく時《とき》ぞ秋《あき》は悲《かな》しき

奥山で紅葉した落葉を踏み分け歩いていると、どこからか鹿の声が聞えてくる。そんな時こそ、秋の悲しさがひとしお身にしみるのだ。

―秋の悲しみが身に迫るような沈痛な響きをもつ歌。「ふみわけ」の主語を「人」とする説と、「鹿」とする説とがある。藤原俊成《ふじわらのしゅんぜい》・定家《ていか》に高く評価され、『百人一首』では猿丸太夫《さるまるだゆう》の作とする。

◎以前に親しくしていた人と、秋の野で出会い、しばらく話をしたついでに詠《よ》んだ歌
——凡河内躬恒《おおしこうちのみつね》

秋萩《あきはぎ》の古枝《ふるえ》に咲《さ》ける花見《はなみ》ればもとの心《こころ》は忘《わす》れざりけり　二一九

この秋萩のもとの古い枝に咲いている花を見ると、以前と変わらない気持を忘れないでいたのだな。

その辺りに咲いていた萩のひと枝を折って、昔なじみの人（女性か）に示しながら詠んだ即興の歌であろう。

◎題知らず——遍昭《へんじょう》

名《な》にめでて折《を》れるばかりぞ女郎花《をみなへし》我《われ》おちにきと人《ひと》にかたるな　二二六

「女」という名前に感じ入って手折《たお》ってみただけなのだ。おみなえしよ、私が女性に近づいて堕落したなどと、人に話してはいけないよ。

「をみなへし」の中に「をみな（女）」という文字が隠れている。「おちる」はここでは、僧侶《そうりょ》が堕落する意。遍昭の歌才が発揮された歌として古来、有名である。

◎寛平御時后宮《かんぴょうのおおんとききさいのみや》の歌合《うたあわせ》の歌――在原棟梁《ありわらのむねやな》

秋《あき》の野《の》の草《くさ》の袂《たもと》か花《はな》すすき穂《ほ》にいでて招《まね》く袖《そで》と見《み》ゆらむ　二四三

秋の野の草を着物とすれば、すすきは袂かしら。だから穂が出ると思いをはっきり表に出して、私を招く袖と見えるのだろう。

すすきの穂が風になびくのを、人（男）を招く袖に見立てる。「ほに出づ」は、すすきの穂が出ることと、はっきり態度に現す意を掛ける。

◎題知らず――読人《よみひと》知らず

ももくさの花《はな》の紐《ひも》とく秋《あき》の野《の》に思《おも》ひたはれむ人《ひと》なとがめそ　二四六

いろいろな種類の花が紐を解いて一時《いっとき》に咲き乱れる秋の野で、思いきり花に戯れかかろう。誰《だれ》も咎《とが》めないで。

「紐とく」は下紐を解くことで、古くは男女がうちとける意である。この歌では花が咲くこと。耽美《たんび》的な内容の歌。

◎仁和《にんな》の帝《みかど》（光孝《こうこう》天皇）がまだ親王であらせられた時に、布留《ふる》の滝をご覧になるとておいでになった途中で、僧正遍昭《へんじょう》の母の家にお泊りになった際に、庭を美しい秋の野のように作ってあった。そこで、遍昭が種々お話し申し上げたついでに、詠《よ》んで献上した歌

――遍昭《へんじょう》

里《さと》はあれて人《ひと》はふりにし宿《やど》なれや庭《には》もまがきも秋《あき》の野《の》らなる　二四八

この付近は里も荒れておりますし、家の女主人（遍昭の母）も年老いてしまった住まいだからなのでございましょうか。庭といわず、垣根といわず、秋の野良《のら》そのものでございます。

「布留の滝」は奈良県天理市にある滝。当時の貴族の家の庭は、田舎でも相当に立派であったろうが、歌ではそれを謙遜《けんそん》して表現している。

巻第五　秋歌《あきのうた》下

秋の部の後半で、紅葉《もみじ》の歌が多い。紅葉を錦《にしき》に見立てる発想は、漢詩の影響を受けたもので、早くも奈良朝の和歌に見られるが、『古今集』のころには完全に伝統化した。

◎是貞親王《これさだのみこ》の家の歌合《うたあわせ》の歌——文屋康秀《ふんやのやすひで》

吹《ふ》くからに秋《あき》の草木《くさき》のしをるればむべ山風《やまかぜ》を嵐《あらし》といふらむ

二四九

ちょっと吹くだけでたちまち秋の草木がしおれるものだから、なるほどそれで人は山の風を「荒らし」と呼び、山風を合わせて嵐の字を作ったのだろう。

「山」＋「風」＝「嵐」のような文字の遊戯は、漢詩の「離合《りごう》」の技法を和歌に応用したもの。『百人一首』に入る。

◎是貞親王《これさだのみこ》の家の歌合《うたあわせ》の歌――文屋康秀《ふんやのやすひで》

草《くさ》も木《き》も色《いろ》かはれどもわたつうみの波《なみ》の花《はな》にぞ秋《あき》なかりける

二五〇

草も木も、秋になるとすっかり色が変わってしまうが、海の波の花は相変わらず白いしぶきを上げていて、秋が訪れないのだなあ。

◎守山《もるやま》の付近で詠《よ》んだ歌――紀貫之《きのつらゆき》

白露《しらつゆ》も時雨《しぐれ》もいたくもる山《やま》は下葉《したば》のこらず色《いろ》づきにけり

二六〇

白露も時雨もすっかり漏って草木にかかってしまう守山は、下葉が残らず色づいてしまったことだ。

「守山」は滋賀県守山市。名前から「漏る」を連想。紅葉は露や時雨によって色づくととらえた。

◎白菊の花を詠んだ歌——凡河内躬恒《おおしこうちのみつね》

心《こころ》あてに折《を》らばや折《を》らむ初霜《はつしも》の置《お》きまどはせる白菊《しらぎく》の花《はな》　二七七

どうしても折ろうというのなら、当て推量で折ってみようか。初霜が一面に白く置いて、折ろうとする私をまどわせている白菊の花を。

初霜と白菊とが紛れ、手折《たお》ろうとする人を当惑させるといい、折るならば当て推量で折ろうという。白菊に初霜が降りた爽《さわ》やかな光景が古今集的な感覚でとらえられている。『百人一首』に入る。

◎仁和寺《にんなじ》にお住まいの宇多《うだ》法皇が菊の花をお取り寄せになった時に、「それに歌を添えて献上せよ」とおっしゃったので、詠《よ》んで献上した歌——平貞文《たいらのさだふん》

秋《あき》をおきて時《とき》こそありけれ菊《きく》の花移《はなうつ》ろふからに色《いろ》のまされば

二七九

花の盛りの秋を別にして、もう一度花盛りの時があるのでした。菊の花は色が変わっていくにつれて、ますます美しさを増していくではありませんか。

「仁和寺」は京都市右京区御室《おむろ》にある寺。宇多天皇が創建し、出家後、延喜《えんぎ》四年（九〇四）から住んだ。『古今集』の人々は霜によって変色した白菊を賞美した。ここでは退位した帝《みかど》を寿《ことほ》ぐ意をこめる。

◎題知らず——読人《よみひと》知らず

龍田《たつた》河《がは》紅葉《もみぢ》みだれて流《なが》るめりわたらば錦《にしき》なかや絶《た》えなむ

二八三

龍田川《たつたがわ》にはさまざまな色の紅葉が乱れ流れているようだ。川を渡るために足を踏み入れるならば、水中の美しい錦が中途で断ち切られてしまうだろうか。

――「龍田川」は奈良県西部を貫流する生駒《いこま》川の下流で、生駒郡斑鳩《いかるが》町付近を流れる。紅葉の名所。

◎二条《にじょう》の后《きさき》（藤原高子《たかいこ》）がまだ東宮の母上の御息所《みやすどころ》と申し上げていた時に、屏風《びょうぶ》の絵に龍《たつ》田川《たがわ》に紅葉が流れている絵が描いてあったのを題にして詠んだ歌――在原業平《ありわらのなりひら》

二九四

ちはやぶる神世《かみよ》もきかず龍田《たつた》河《がは》韓紅《からくれなゐ》に水《みづ》くくるとは

こんなことは神代の話にだって聞いたことがない。龍田川《たつたがわ》が韓紅色《からくれないいろ》に水を絞り染めにするとは。

――「韓紅」は朝鮮半島渡来の紅。真っ赤な紅葉が点々と浮かぶ龍田川を、真紅の絞り模様のついた絹地を晒《さら》す様に見立てた。華麗な歌として定家《ていか》なども高く評価する。詞書《ことばがき》は、本書未収の前歌（二九三番・素性《そせい》法師詠）の詞書がこの歌にもかかるので、それを掲出した。『百人一首』に入る。

◎志賀《しが》の山越えの道で詠《よ》んだ歌——春道列樹《はるみちのつらき》

山川《やまがは》に風《かぜ》のかけたる柵《しがらみ》は流《なが》れもあへぬ紅葉《もみぢ》なりけり　三〇三

山中の清流に人間ならぬ「風」がしがらみをかけた。よくよく見たら、それは、流れようにも流れられない紅葉だったよ。

「志賀の山越え」は京都市左京区北白川から志賀峠《しがとうげ》を経て大津市滋賀里へ通じる山道を越えること。志賀寺《しがでら》（大津市滋賀里町にあった崇福寺《すうふくじ》）参りで人がよく通った。『百人一首』に入る。

◎秋が終わるという趣旨を、龍田川の風景を想像しながら詠んだ歌——紀貫之《きのつらゆき》

年《とし》ごとにもみぢ葉《ば》流《なが》す龍田《たつた》河水門《がはみなと》や秋《あき》の泊《と》まりなるらむ　三一一

毎年毎年、きれいな紅葉を流す龍田川ではあるが、その紅葉が最後に流れつ

く河口――それが秋の停泊港ということだろうか。

―流れゆく紅葉とともに、秋も下流の方向に去っていくと考えた歌。

◎九月《ながつき》の末日に、大堰《おおい》で詠んだ歌――紀貫之

夕月夜《ゆふづくよ》をぐらの山《やま》に鳴《な》く鹿《しか》の声《こゑ》のうちにや秋《あき》は暮《く》るらむ　三一二

夕月夜を思わせる「小暗い」という名前の小倉山で鹿が寂しそうに鳴いている。その鳴き声を別れの曲として、秋は暮れるのだろうか。

―「大堰」は京都市右京区の嵐山山麓《あらしやまさんろく》の地で、嵐山と大堰川を挟んで対するのが小倉山。「夕月夜」「をぐら」「暮る」などの語により、晩秋の暗い寂《さび》しい気分を出そうとしている。

古今集の風景 ①

竜田川《たつたがわ》

平城京の東西にふたりの美しい女神があでやかに立つ――東には春をつかさどる佐保姫《さほひめ》、西には秋をつかさどる龍田《たつた》姫。いつからか二人の女神はそれぞれの季節の歌に詠《よ》まれ、佐保姫は桜の花を染め出し、龍田姫は紅葉《もみじ》の錦《にしき》を織りなしてきた。彼女たちのすみかはそれぞれ平城京の東を流れる佐保川、西を流れる竜田川。五行説によると、東は春、西は秋にあたるため、その季節を生み出す自然の力が女神たちに託されたのだろう。龍田姫の名前は平安時代の「延喜《えんぎ》式《しき》」の神名帳に「龍田比古《たつたひこ》龍田比女《たつたひめ》神社」と見え、龍田比古という風をつかさどる男神と夫婦神だった。この神社の所在は不明だが、生駒《いこま》郡三郷《さんごう》町の龍田神社(龍田大社)の祭神を勧請《かんじょう》した、同斑鳩《いかるが》町の龍田神社の祭神と同一かと考えられている。この龍田姫と対になるものとして、佐保姫も生み出されたのだろうか。

竜田川は二つの龍田神社の間を南流し、西へと下る大和《やまと》川に合流する。斑鳩町には竜田川に沿って県立竜田公園があり、紅葉の美しい歌枕《うたまくら》の地として整備されている。佐保姫が妬《ねた》むほど桜の名所としても知られるのはご愛嬌《あいきょう》。秋、朱塗りの紅葉橋から竜田川を望むと、滔々《とうとう》と流れる川面には一枚また一枚と紅葉が流れていく。ゆく水を地色に、真っ赤な紅葉を模様と見立てた和歌が多いことから、龍田姫は染色や織物の名手とされた。季節は例外なく移ろいゆくものの、歌という幻想世界で、竜田川は永遠の秋を謳歌《おうか》している。

巻第六　冬《ふゆの》歌《うた》

冬の部（陰暦十月〜十二月）を収める。全二十九首中、二十三首が雪と関係のある歌だが、最後は歳暮《さいぼ》の歌によって、四季の部を閉じる。

◎冬の歌として詠《よ》んだ歌――源《みなもとの》宗于《むねゆき》

山里《やまざと》は冬《ふゆ》ぞさびしさまさりける人目《ひとめ》も草《くさ》もかれぬと思《おも》へば　三一五

山里はいつも寂《さび》しいが、寂しさが一段と感じられるのはやはり冬であったなあ。今までは多少でも見られた人目も離（か）れ、生命を持った草も枯れてしまうのだと思うと。

——冬の序曲である。「人目が離《か》れる」とは、訪問者が絶えること。「離る」と「枯る」が掛詞《かけことば》となる。『百人一首』に入る。

◎題知らず——読人《よみひと》知らず

大空《おほぞら》の月《つき》の光《ひかり》し清《きよ》ければ影見《かげみ》し水《みづ》ぞまづこほりける

三一六

空にある月がひとしお冴《さ》え返っていたので、その影を映していた庭の池の水が真っ先に凍《こお》ったのだな。

◎冬の歌として詠《よ》んだ歌——紀貫之《きのつらゆき》

雪降《ゆきふ》れば冬《ふゆ》こもりせる草《くさ》も木《き》も春《はる》に知《し》られぬ花《はな》ぞ咲《さ》きける

三二三

雪が降って一面の銀世界になると、冬籠《ふゆごも》りをしている草も木も、春にはかかわりのない雪の花を咲かせていることよ。

枝葉に積った雪を花に見立てたもの。「春に知られぬ花」のような一種の矛盾は、貫之の得意とするところであった。

◎奈良《なら》の旧都に行っていた時に、宿をとっていた所で詠んだ歌——坂上是則《さかのうえのこれのり》

みよしのの山《やま》の白雪《しらゆき》つもるらし故里寒《ふるさとさむ》くなりまさるなり　三二五

吉野《よしの》山《やま》では白雪が降り積っているらしい。奈良の古京はますます寒さがつのってくる。

夜更けとともに寒さが加わったところから、同じ大和国《やまとのくに》内の吉野山の状況を想像したもの。「吉野山」は雪の名所。

◎寛平御時后宮《かんぴょうのおおんときさいのみや》の歌合《うたあわせ》の歌——壬生忠岑《みぶのただみね》

みよしのの山《やま》の白雪《しらゆき》踏《ふ》みわけて入《い》りにし人《ひと》のおとづれもせぬ　三二七

吉野山の白雪を踏みしめ、かき分けるように、奥山に入っていったあの人が、姿を見せるどころか、便りさえもくれないことだ。

——「吉野山」には隠遁《いんとん》の地というイメージがあった。「入りにし人」は仏道修行のために山籠《やまごも》りをする人か。

◎雪が降っているのを見て詠《よ》んだ歌——清原深養父《きよはらのふかやぶ》

冬《ふゆ》ながら空《そら》より花《はな》の散《ち》りくるは雲《くも》のあなたは春《はる》にやあるらむ　三三〇

冬なのに空から花が降ってくるのは、雲の向こうはもう春なのであろうか。

◎大和《やまと》の国へお供していた時に雪の降ったのを見て詠んだ歌――坂上是則《さかのうえのこれのり》

あさぼらけ有明《ありあ》けの月《つき》と見《み》るまでに吉野《よしの》の里《さと》に降《ふ》れる白雪《しらゆき》　三三二

夜のしらじらと明けるころ、有明《ありあけ》の月がほんのりと照っているのと見まがうまでに、吉野の里に音もなく降っている白雪よ。

――吉野での実景であろうが、当時の人が吉野に抱いた雪の名所というイメージに合致する。『百人一首』に入る。平安時代には七三頁三二五番歌の方が好まれたらしい。

◎年の終わりに詠んだ歌――春道列樹《はるみちのつらき》

昨日《きのふ》といひ今日《けふ》と暮《く》らしてあすか河流《がはなが》れてはやき月日《つきひ》なりけり　三四一

昨日はどうだった、今日はこうだ、明日はどうしようといいながら、一日一日を暮らしていくが、あすの語が連想させる飛鳥川《あすかがわ》の流れと同様に、月日の流れもなんてはやいのだろう。

「飛鳥川」は奈良県高市郡明日香村《たかいちぐんあすかむら》を流れ、大和川《やまとがわ》に注ぐ川。流れが変わりやすいものとして、平安時代には世の転変の多いことにたとえられた。一三六頁九三三番歌参照。

◎「歌を献上せよ」との帝《みかど》の仰せがあった時に詠《よ》んで献上した歌――紀貫之《きのつらゆき》

三四二

行《ゆ》く年《とし》の惜《を》しくもあるかな真澄鏡《ますかがみ》見る影《かげ》さへにくれぬと思《おも》へば

暮れ行く年はじつに愛惜に堪えません。澄んだ鏡に映る私の姿までが、老いのかげによって暗くなっていくと思うと。

「くれぬ」に、年が暮れることと、我が身が老いて鏡に映る姿も暗くぼんやりとすることを重ねる。年内立春から始まった四季の部は、歳暮《さいぼ》を詠むこの歌で終わる。

巻第七　賀歌《がのうた》

長寿を寿《ことほ》ぐ歌や、四十、五十、六十など、一定の年齢を迎えた祝いに際して詠《よ》まれた歌を収める。公的性格が強い。

◎題知らず――読人《よみひと》知らず

わが君《きみ》は千代《ちよ》に八千代《やちよ》に細《さざ》れ石《いし》の巌《いはほ》と成《な》りて苔《こけ》のむすまで　三四三

わが君のご寿命は千代、八千代にまで続いていただきたい。小さい石が少しずつ大きくなり、大きな岩になり、それに苔が生えるまでも。

国歌「君が代」のルーツ。「君」は敬愛する相手のことで、天皇をさすとは限らない。「代」は寿命で、「千代に八千代に」は命が永遠に続くことを祈る意。

◎堀河《ほりかわ》の太政大臣（藤原基経《ふじわらのもとつね》）の四十の賀が、その九条の邸《やしき》で催された時に詠んだ歌
――在原業平《ありわらのなりひら》

桜花《さくらばな》散りかひくもれ老《お》いらくの来《こ》むといふなる道《みち》まがふがに三四九

桜の花よ、散り乱れてあたりを曇らせよ。老齢がやってくると人々が言う道が、花びらで隠されてわからなくなるように。

藤原基経の邸宅は五条堀河にあり、九条の家は別邸であろう。貞観《じようがん》十七年（八七五）に四十歳。老いの来る道を花で隠してくれと想像力を働かせたのは、さすがに業平である。

巻第八　離別歌《りべつのうた》

妻との離別、同僚や友人との別れなど、旅に出る人と留《とど》まる人との間に交わされた歌。

立《た》ち別《わか》れいなばの山《やま》の峰《みね》におふる松《まつ》とし聞《き》かばいま帰《かへ》り来《こ》む　三六五

◎題知らず――在原行平《ありわらのゆきひら》

あなたと別れて因幡《いなば》に行ってしまうのだが、その国の稲羽《いなば》の山の峰に生えているまつにちなみ、私を待つとのお言葉ひとつを聞けば、すぐにも帰って来ましょう。

「因幡」は鳥取県東部で、行平が国司として赴任した国。「往《い》なば」を掛ける。都での送別の宴で詠《よ》んだとする説、愛する女性に贈ったとする説があるが、後者か。下句には、長途の旅に立つ人のしみじみとした気持が表現されている。『百人一首』に入る。

◎音羽山《おとわやま》の付近で人に別れるといって詠《よ》んだ歌——紀貫之《きのつらゆき》

音羽《おとは》山木高《やまこだか》く鳴《な》きて郭公君《ほととぎすきみ》が別《わか》れを惜《を》しむべらなり

音羽山の梢《こずえ》はるかにほととぎすが鳴いて、私と同様にあなたとの別れを惜しんでいるようだ。

「音羽山」は逢坂《おうさか》山（山城・近江国境の山。逢坂の関があった）の南に位置する。「音」からほととぎすの鳴く音を連想させる。静けさを破るほととぎすの声と、別れの悲哀感とが渾然《こんぜん》と融合した歌。

◎源 実《みなもとのさね》が筑紫《つくし》に湯治《とうじ》のために下る時に、山崎《やまさき》で送別会をした所で詠んだ歌――白女《しろめ》

命《いのち》だに心《こころ》にかなふものならばなにか別《わか》れの悲《かな》しからまし　三八七

命だけでも望みどおりになって、あなたのお帰りまで生きていられるならば、どうして別れがこれほどつらく思われましょうか。

客との名残を惜しみ再会を待ち望む意を即興的に詠んだ遊女の歌。白女は摂津国江口《せつつのくにえぐち》（大阪市東淀川区）の遊女。「筑紫」は九州。「山崎」は京都府乙訓《おとくに》郡大山崎町の辺りで、ここで船に乗って西国に向かう。

◎志賀《しが》の山越えのときに、山《やま》の井《い》のほとりで言葉を交わした人と別れるときに詠んだ歌――紀貫之

結《むす》ぶ手《て》のしづくににごる山《やま》の井《ゐ》のあかでも人《ひと》に別《わか》れぬるかな　四〇四

掬《すく》い上げる掌《たなごころ》からこぼれる雫《しずく》ですぐに濁《にご》ってしまうほど水が浅く少ししかない山の井のように、私は物足りない思いのまま、あなたにお別れということになりました。

「山の井の」までが「あかで」にかかる序詞《じょことば》。平安貴族の生活の一断面を一筆書きにし、しかも優雅な余情をたたえ、藤原俊成《しゅんぜい》に高く評価された。

巻第九　羈《き》旅《りよの》歌《うた》

「羈旅」とは旅の意。遣唐使や流罪に処された者の歌、旅先での人間関係などを歌ったものが多い。

◎唐土《もろこし》で月を眺めて詠《よ》んだ歌――安《あ》倍《べのなかまろ》仲麿

天《あま》の原《はら》ふりさけ見《み》れば春日《かすが》なる三笠《みかさ》の山《やま》にいでし月《つき》かも　四〇六

広々とした大空をはるかに見晴らすと、今しも月が上ったところである。思えば昔、まだ若かった私が唐に出発する前に、春日の三笠の山の端から上ったのも、同じ月であったよ。

「三笠山」は奈良市の春日山の西峰《せいほう》で、麓《ふもと》に春日大社があり、遣唐使が出発する際に春日山で神に祈る慣例があったらしい。安倍仲麿（阿倍仲麻呂とも）は、玄宗《げんそう》皇帝に仕え、李《り》白《はく》や王維《おうい》らとも交わった遣唐学生。帰国を果たせぬまま七十三歳で没した。『百人一首』に入る。

◎隠岐国《おきのくに》に流罪になり、舟に乗り出発するときに、都に残された人に贈った歌
――小野篁《おののたかむら》

わたの原《はら》八十《やそ》島《しま》かけて漕《こ》ぎいでぬと人《ひと》には告《つ》げよ海人《あま》の釣舟《つりふね》　四〇七

たくさんの島々を目当てとして、私は大海原に漕ぎ出していったと、都の人にきっと伝えてくれ。このあたりの舟で釣糸をたれている漁師たちよ。

「わたの原」は海。「八十」は数の多いこと。小野篁は承和《じようわ》元年（八三四）、遣唐副使に任ぜられたが渡航せず、隠岐国《おきのくに》（島根県の隠岐島）に流罪となった。『百人一首』に入る。

◎題知らず――読人《よみひと》知らず

ほのぼのとあかしの浦《うら》の朝霧《あさぎり》に島隠《しまがく》れゆく舟《ふね》をしぞ思《おも》ふ　四〇九

ほのぼのと夜の明けるころ、明石《あかし》の浦は朝霧に包まれているが、一艘《そう》の小舟が島陰に隠れていくのを私はしみじみと眺めている。

「明石の浦」は兵庫県明石市の港で、古来、風光明媚《ふうこうめいび》な地として知られる。左注には「ある人のいはく、柿本人麿《かきのもとのひとまろ》が歌なり」とあり、平安中期以降、人麿の名歌として享受された。

◎東国の方に、同行者を一人二人誘って旅に出たときのことである。三河国《みかわのくに》の八橋《やつはし》という所に着いたところが、川のほとりにかきつばたがたいそう美しく咲いていたのを見て、馬から下りて木陰にすわり、「かきつばた」という五字を各句の第一字目に置いて、旅の思いを詠《よ》もうということになって、詠んだ歌——在原業平《ありわらのなりひら》

唐衣《からころも》きつつなれにしつましあればはるばるきぬる旅《たび》をしぞ思《おも》ふ　四一〇

朝夕着なれた唐衣の褄《つま》のような慣れ親しんだ妻を都に残してきたので、はるばるとやってきた旅を思って、旅愁か、心は悲しみでいっぱいになるよ。

『伊勢物語』九段にある歌。「八橋」は愛知県知立《ちりゅう》市の地。「かきつばた」はアヤメ科の植物。「唐衣きつつ」は「なれ」の序詞《じょことば》。「慣れ」と「萎《な》れ（着物が着古してくたくたになる）」、「妻」と「褄《つま》（衣の左右の両端）」、「はるばる」と「張る」、「来」と「着」が掛詞《かけことば》。「唐衣・萎れ・褄・張る・着」が縁語。各句の頭に「かきつばた」の五文字が詠みこまれており、このような技法を「折句《おりく》」という。

◎武蔵国《むさしのくに》と下総国《しもうさのくに》との間にある隅田川《すみだがわ》の岸に来た時、都がたいそう恋しく思われたので、馬から下りてしばらく岸辺にすわり、「随分遠くに来てしまったものだなあ」と悄然《しょうぜん》として思いにふけった。すると渡し守が「早く舟に乗りなさい。日が暮れてしまう」と言ったので、舟に乗って渡ろうとしたが、一行は都に恋しく思う人がないわけでもなかった。ちょうどその時、羽は白くて、くちばしと足だけ赤い鳥が、川の付近で遊んでいた。都では見かけない鳥なので、誰《だれ》もその名を知らなかった。渡し守に「これは何という鳥かね」と聞くと、「これが都鳥《みやこどり》なんです」と答えたので、さっそく詠んだ歌

——在原業平

四一一

名《な》にしおはばいざ言問《ことと》はむ都鳥《みやこどり》わが思《おも》ふ人《ひと》はありやなしやと

都鳥よ、お前はみやこという名前をつけられたのなら、さあ、尋ねてみよう。「私の愛する人は、都で生きているかどうか」と。

これも『伊勢物語』九段にある歌。「都鳥」は、ゆりかもめ。「みやこ」という、その語の響きだけでも懐かしい、人を恋うる気持を詠んだ歌。「あり」はこの世に生きていること。

◎宇多《うだ》上皇が奈良にご旅行なさった時に、手向山《たむけやま》で詠《よ》んだ歌――菅原道真《すがわらのみちざね》

このたびは幣《ぬさ》もとりあへずたむけ山紅葉《やまもみぢ》の錦神《にしきかみ》のまにまに　四二〇

このたびの旅行は幣の用意もせぬままに参りました。この手向け山の風に散る美しい紅葉を幣の代わりに手向けますので、神様にはお気持のままにご受納ください。

―宇多上皇の奈良への旅は、昌泰《しょうたい》元年（八九八）十月のものである。「手向山」とは、山越えの峠《とうげ》道《みち》などで、旅人が旅の安全を祈って神に幣を供える所。『百人一首』に入る。

巻第十　物《ものの》名《な》

物の名前（動植物名や地名など）を歌の中に隠して詠《よ》むことを「物名《もののな》（ブツメイとも）」といい、平安末期には「隠し題」とも呼ばれた。一種の言葉の遊戯である。

◎うぐひす（鶯《うぐいす》）――藤原敏行《ふじわらのとしゆき》

心《こころ》から花《はな》のしづくにそほちつつ憂《う》くひずとのみ鳥《とり》の鳴《な》くらむ　四二二

その鳥はわれとすき好んで、花の雫《しずく》に濡《ぬ》れながら、どうして「乾かないでやりきれないなあ」と鳴くのだろうか。

「そほつ」は濡れる意。「憂《う》く干《ひ》ず（乾かなくてつらい）」に「うぐひす（鶯）」を隠す。

◎朱雀院《すざくいん》の女郎花合《おみなえしあわせ》の後の宴会で、「をみなへし（女郎花）」の五字を各句の最初に置いて詠《よ》んだ歌――紀貫之《きのつらゆき》

小倉山峰《をぐらやまみね》たちならし鳴《な》く鹿《しか》の経《へ》にけむ秋《あき》を知《し》る人《ひと》ぞなき　四三九

小倉山《おぐらやま》の峰を幾度となく行き来して鳴く鹿が、幾年《いくとせ》の秋を鳴きとおしたことか、誰《だれ》も知らない。

八六頁四一〇番歌と同じ「折句《おりく》」の手法である。「朱雀院」は歴代の上皇の御殿の一つで、当時は宇多上皇の御所だった。「女郎花合」は、左右に分かれて花と花に添えられた歌の優劣を競うもので、この女郎花合は昌泰《しょうたい》元年（八九八）に行われた。

小倉山《おぐらやま》

「山は、小倉山」――清少納言《せいしょうなごん》が『枕草子《まくらのそうし》』「山は」の段でいちばんに挙げた小倉山。彼女は行ったことのない歌枕《うたまくら》の地をお気に入りに挙げることも多かったが、嵯峨《さが》の小倉山はその実景を見て率直に惹《ひ》かれたのではあるまいか。嵯峨天皇が別荘を営んで以来、嵯峨野は多くの貴族たちが競って別荘を建立した地。彼らは大堰川《おおいか》畔《はん》のしめやかな山里の風景を愛でたが、なかでも低くやわらかな稜線《りょうせん》を浮かべる小倉山のたたずまいを愛した。当然のように多くの歌が詠《よ》まれ、景物としてあざやかな紅葉《もみじ》や鹿《しか》の鳴く音が添えられた。

『拾遺集』に入集する「小倉山みねのもみぢ葉《ば》心あらば今ひとたびの行幸《みゆき》待たなむ」(巻十七)は、宇多《うだ》法皇が大堰川に御幸《ごこう》するときに、藤原忠平《ふじわらのただひら》が詠んだ歌。のちに「小倉百人一首」に採られて一躍有名となる。百人一首は「小倉山荘色紙和歌《しきしわか》」ともいい、『新古今集』の撰者である藤原定家《ていか》が小倉山麓《さんろく》に営んだ山荘時雨亭《しぐれてい》で百首の秀歌を選び、嘉禎《かてい》元年(一二三五)に舅《しゅうと》の宇都宮蓮生《うつのみやれんしょう》に贈ったもの。時雨亭の所在地は、現在の常寂光寺《じょうじゃくこうじ》や二尊院《にそんいん》の境内《けいだい》とも言われるが定かではなく、有力候補の厭離庵《おんりあん》も、色紙を贈られた蓮生の別荘跡であったようだ。これらの寺院が並ぶ愛宕《あたご》街道はかつて愛宕神社への参道として賑わい、今も古い家並が軒を連ねている。竹林をわたる風、夕景のほのあたたかさ――奥嵯峨の風景が人々を惹《ひ》きつけるのは、長く歌を生み出してきた土地の力だろうか。

巻第十一　恋歌《こいのうた》一

恋の部（一〜五）は、恋人たちの心理をうたう歌が、恋愛の進行過程に従って配列される。当時の人はまだ見ぬ人の噂《うわさ》だけを聞いて恋歌を贈り、やがて姿や声をわずかに見聞きして、ますます情熱を燃え上がらせた。本巻は、いわゆる「逢《あ》わぬ恋」の歌を収める。

◎題知らず――読人《よみひと》知らず

郭公《ほととぎす》鳴《な》くや五月《さつき》のあやめぐさあやめも知《し》らぬ恋《こひ》もするかな　四六九

ほととぎすの鳴く五月となり、家々には菖蒲《あやめ》が飾られているが、私は物事の条理もわからないような恋もすることだなあ。

五月の節句には軒や牛車に菖蒲を挿した。その「あやめぐさ」までが、「あやめ（文目《あやめ》。物の条理の意）」を導く同音繰り返しの序詞《じょことば》となる。官能的で濃密な初夏の気分が醸成《じょうせい》される。

◎題知らず――素性《そせい》法師

音《おと》にのみきくの白露《しらつゆ》夜《よる》はおきて昼《ひる》は思《おも》ひにあへず消《け》ぬべし　四七〇

あなたの噂《うわさ》ばかりを聞く私は、菊に置かれた白露と同様で、夜は起き、昼は露が日に消えるように、切なさに耐えられず、消え入ってしまいそうです。

「音に聞く」は噂に聞くこと。「聞く」と「菊」、「起き」と「置き」、「思ひ」と「日」、「（自分が）消」と「（露が）消」が掛詞《かけことば》。撰者《せんじゃ》時代を代表する歌風。

◎春日《かすが》神社の祭礼に行った時に、祭見物に出ていた女のところに、あとでその女の家を探して贈った歌——壬生忠岑《みぶのただみね》

四七八

春日野《かすがの》の雪間《ゆきま》をわけておひいでくる草《くさ》のはつかに見《み》えし君《きみ》はも

春日野で雪間を分けて伸びはじめた若草をかろうじて見るように、ほんのわずか、ちらりと見たあなたであることよ。

「春日神社」は奈良市の春日大社。二月と十一月に祭礼がある。ここは二月。春日大社のある春日野は若菜の名所であった。歌を贈られた相手の女性も、贈った人の気持も、雪間の若菜のように初々しい歌である。「草の」までが「はつかに見えし」の序詞《じょことば》。

◎ある女性が花摘みをしている所に偶然行き会って、その女性の家に後から詠《よ》んで贈った歌——紀貫之《きのつらゆき》

山《やま》ざくら霞《かすみ》の間《ま》よりほのかにも見《み》てし人《ひと》こそ恋《こひ》しかりけれ　四七九

山桜を霞の間から見るように、ちらりと見たあなたが恋しくてなりません。

――二句までが「ほのかにも見てし」の序詞。

◎題知らず――凡河内躬恒《おおしこうちのみつね》

初雁《はつかり》のはつかに声《こゑ》を聞《き》きしより中空《なかぞら》にのみ物《もの》を思《おも》ふかな　四八一

空を飛ぶ初雁の声のように、ほんのわずかに聞いたあの人の声だったが、以来、私の心はその空に迷い、物思いにふけるばかりです。

――「初雁の」は「はつか」にかかる枕詞《まくらことば》。「中空」は放心状態のことで、「雁」の縁語。相手は深窓の高貴な女性であろう。その声を雁の鳴き声にたとえた。

◎題知らず――読人《よみひと》知らず

夕暮《ゆふぐれ》は雲《くも》のはたてに物《もの》ぞ思《おも》ふ天《あま》つ空《そら》なる人《ひと》を恋《こ》ふとて　四八四

夕暮になると、雲の果てを眺めながら物思いにふけることだ。それというのも、空のかなたの高貴な方をはるか遠くから恋してお慕いしているので。

絶望的な身分違いの恋であろうか。「雲のはたて」は、旗のようにたなびく雲とする説もある。「恋ふ」は、古くは眼前にない物や人に心引かれ求める意。

◎題知らず――読人知らず

行《ゆ》く水《みづ》に数《かず》かくよりもはかなきは思《おも》はぬ人《ひと》を思《おも》ふなりけり　五二二

流れる水に数を書いてもはかなく消えるが、それよりもっとはかなく頼りないのは、思ってくれない人を思うことである。

◎題知らず――読人知らず

うちわびて呼《よ》ばはむ声《こゑ》に山彦《やまびこ》のこたへぬ山《やま》はあらじとぞ思《おも》ふ　五三九

思いわずらって呼びかけたとして、その声に山彦が応《こた》えない山はあるまいと、私は思う。

山彦は答えてくれるのにあの人は返事をしてくれないとも、山彦同様最後にはきっと返事があるはずだとも解せる歌。

巻第十二　恋歌《こいのうた》二

巻頭に、夢をうたう小野小町《おののこまち》の歌を三首並べたのは、代表的恋愛歌人であるからか。恋の情緒がさまざまな角度から表現され、逢《あ》う希望がわずかに生じた紀友則《きのとものり》の歌で終わる。

◎題知らず――小野小町

思《おも》ひつつ寝《ぬ》ればや人《ひと》の見《み》えつらむ夢《ゆめ》と知《し》りせば覚《さ》めざらましを　五五二

何度も恋しく思いながら寝たので、あの人が夢に現れたのだろうか。もし、それが夢と知っていたならば、私は目を覚まさなかっただろうに。

◎題知らず――小野小町

うたた寝《ね》に恋《こひ》しき人《ひと》を見《み》てしより夢《ゆめ》てふものは頼《たの》みそめてき　五五三

うたた寝の夢に、恋しいあの人を見てからは、はかない夢というものを頼みに思いはじめるようになった。

◎題知らず――小野小町

いとせめて恋《こひ》しき時《とき》はうばたまの夜《よる》の衣《ころも》を返《かへ》してぞ着《き》る　五五四

胸がしめつけられるように、あの人のことが恋しくて切ない時は、私は夜の衣を裏返しに着て寝るのです。せめて夢の中でお逢いしたいと願って。

――「うばたまの」は夜の枕詞《まくらことば》。当時、衣を裏返しに着て眠れば夢の中で恋人に逢えるという俗信が

――あった。

◎寛平御時后宮《かんぴょうのおおんときききさいのみや》の歌合《うたあわせ》の歌――藤原敏行《ふじわらのとしゆき》

五五九 住《すみ》の江《え》の岸《きし》に寄《よ》る波《なみ》よるさへや夢《ゆめ》の通《かよ》ひ路《ぢ》人目《ひとめ》よくらむ

住江《すみのえ》の岸に波が寄るまさにその夜の夢の中の通い路でまでも、あなたは人目を避けて私と逢《あ》おうとしないであろうか。

――「住江」は大阪市南部の浜で、住吉大社がある。第二句までが「よる」にかかる序詞《じょことば》。恋人を夢に見られないことを、相手が人目を避けているためかとする。『百人一首』に入る。

◎寛平御時后宮の歌合の歌――紀友則《きのとものり》

夕《ゆふ》されば蛍《ほたる》よりけに燃《も》ゆれども光見《ひかりみ》ねばや人《ひと》のつれなき 五六二

夕方が来ると私の思いは闇《やみ》を飛ぶ蛍の火よりもいっそう燃えさかるが、恋の炎は目に見えないので、あの人はあのように冷淡なのだろうか。

◎寛平御時后宮の歌合の歌――藤原興風《おきかぜ》

君恋《きみこ》ふる涙《なみだ》の床《とこ》にみちぬればみをつくしとぞ我《われ》はなりける 五六七

あなたを恋い慕う涙が寝床にあふれてしまったので、私は澪標《みおつくし》となって、思いに身を尽くしていることだ。

――「澪標」は往来する舟に水路を知らせる標識となる杭。「身を尽くし」を掛ける。

◎題知らず――壬生忠岑《みぶのただみね》

風吹《かぜふ》けば峰《みね》にわかるる白雲《しらくも》の絶《た》えてつれなき君《きみ》が心《こころ》か　六〇一

風が吹くと峰に当たって二つに別れていく白雲のように、すっかり跡絶《とだ》えてしまって、まったく薄情なあなたのお心であることよ。

平明で格調の高い歌。三句までが「絶えて」の序詞《じょことば》。「別る」「絶ゆ」「つれなし」などが、不安な恋心を暗示して効果的。

◎題知らず――凡河内躬恒《おおしこうちのみつね》

わが恋《こひ》はゆくへも知《し》らずはてもなし逢《あ》ふを限《かぎ》りと思《おも》ふばかりぞ　六一一

私のこの恋は成り行きもわからなければ、終わりもない。ただ首尾よくあなたに逢えることだけを最後の願いとするばかりだ。

―上句の「ゆくへ」「はて」と下句の「限り」とを対照させた手法が、当時喜ばれた技巧である。

◎題知らず――紀友則《きのとものり》

命《いのち》やはなにぞは露《つゆ》のあだものを逢《あ》ふにしかへば惜《を》しからなくに　六一五

命だって？　いったい何だというのだ。どうせ露のようにはかないものじゃないか。思う人に逢うことと引き換えにするのならば、少しも惜しくはないのに。

―初句、三句で切れる。撰者《せんじゃ》中の年長者友則の、自由自在な歌いぶりを味わいたい。

巻第十三　恋歌《こいのうた》三

恋人の家を訪れたがむなしく引き返した歌、はかない逢瀬《おうせ》の歌、後朝《きぬぎぬ》の歌、浮き名が立つ歌が続く。

◎三月一日ごろから、ある女性と人目を忍んで親しく語り合って、その後で、雨がしとしと降っていたときに詠《よ》んで贈った歌――在原業平《ありわらのなりひら》

起《お》きもせず寝《ね》もせで夜《よる》をあかしては春《はる》のものとてながめくらしつ　六一六

（あなたとお逢《お》いした後は）起きているでもなく、寝ているでもなしに一夜

を明かして、今日は春の景物の長雨《ながあめ》に降りこめられて、終日、物思いにふけって暮らしました。

一 物思いする意の「眺め」に「長雨」をかける。

◎題知らず――読人《よみひと》知らず

いたづらに行《ゆ》きては来《き》ぬるものゆゑに見《み》まくほしさにいざなはれつつ　六二〇

訪ねて行ってもむなしく帰って来るだけだとわかっているのに、やはり逢いたい一心でまたおのずから誘い出されていることよ。

◎題知らず――壬生忠岑《みぶのただみね》

有明《ありあ》けのつれなく見《み》えし別《わか》れより暁《あかつき》ばかり憂《う》きものはなし

六二五

有明《ありあけ》の月が空に平然とかかっているように見えたあの朝、あの人は私をすげなく拒んで別れたのだったが、それ以来、暁時《あかつきどき》くらい悲しいものはない。

「つれなし」は無情であること。夜が明けても平然と空にかかっている月と、冷淡な女を重ねた表現。『百人一首』に入る。

◎東の京の五条《ごじょう》付近に住む女性と懇《ねんご》ろになって通っていた。秘密の関係だったので、いつも正門から入ることもできず、築地《ついじ》の崩れた所を通り道にして通っていたところ、それが度重なったので、相手の家の主人が耳にしてその通り道に毎夜人を隠して見張らせたので、出かけても逢《あ》えないで帰ってきて詠《よ》んで贈った歌――在原業平《ありわらのなりひら》

人知《ひとし》れぬわが通《かよ》ひ路《ぢ》の関守《せきもり》はよひよひごとにうちも寝《ね》ななむ

六三二

人に知られていない私の大切な通い路の関所の番人さん、夜毎夜毎《よごと》ちょっと居眠りでもして、私を見逃してほしいものだ。

―『伊勢物語』五段にある歌。番人に呼びかける形で、女性に自分の悲しみを訴えた歌。

◎題知らず――小野小町《おののこまち》

六三五 秋《あき》の夜《よ》も名《な》のみなりけり逢《あ》ふといへばことぞともなく明《あ》けぬるものを

長いといわれる秋の夜も評判だけのことだったよ。やっと逢うことができたものの、思いも満たされないうちに、あっという間に明けてしまうものなのだから。

―「秋の夜」は長いとするのが当時の常識。その秋の夜も、いざ逢瀬《おうせ》となると短く感じられる。

◎題知らず――凡河内躬恒《おおしこうちのみつね》

長《なが》しとも思《おも》ひぞはてぬ昔《むかし》より逢《あ》ふ人《ひと》からの秋《あき》の夜《よ》なれば　六三六

長いものと思いこむわけにはいかないよ。昔から逢う人次第で長くも短くも思われる秋の夜なのだから。

――逢瀬の歓《よろこ》びよりも、貴重な時間がはかなく過ぎ去ることを歌う。巻末解説参照。

◎業平《なりひら》が伊勢国《いせのくに》に下った時、斎宮《さいぐう》であった女性とたいへんひそかに逢《あ》って、その翌朝、後朝《きぬぎぬ》の手紙を持たせる使者をやる方法がなくて考えこんでいるうちに、女のほうから贈ってきた歌――読人《よみひと》知らず

君《きみ》やこし我《われ》やゆきけむ思《おも》ほえず夢《ゆめ》かうつつか寝《ね》てか覚《さ》めてか　六四五

昨夜はあなたがいらっしゃったのでしょうか。それとも私のほうが参ったのでしょうか。私にはなんとも分別ができません。あれは夢だったのでしょうか、現実だったのでしょうか。寝ている時のことだったのかしら、目覚めている間のことだったのかしら。

次の六四六番歌とともに『伊勢物語』六九段にある歌。「夢かうつつか……」という下句は、想像もできなかった事件が起きたのちの驚きを表現している。

◎返し――在原業平

かきくらす心《こころ》の闇《やみ》にまどひにき夢《ゆめ》うつつとは世人《よひと》さだめよ　六四六

すべての理性を失って真っ暗になった私の心は、闇に迷って彷徨《さまよ》っているようでした。あれが夢か現実かは、世間の人よ、定めてください。

◎題知らず――読人知らず《よみひと》

うばたまの闇《やみ》のうつつはさだかなる夢《ゆめ》にいくらもまさらざりけり　六四七

闇の中での現実の逢瀬《おうせ》というものははかなくて、夢の中でありありと逢《あ》えたことにそれほどまさってはいなかったよ。

◎題知らず――小野小町《おののこまち》

限《かぎ》りなき思《おも》ひのままに夜《よる》もこむ夢路《ゆめぢ》をさへに人《ひと》はとがめじ　六五七

限りない恋の思いに導かれて、せめて夜になりとも逢《あ》いに行きましょう。夢《ゆめ》路《じ》を通っていくことまでは、誰《だれ》も咎《とが》めだてはしないでしょうから。

◎題知らず――伊勢《いせ》

知《し》るといへば枕《まくら》だにせで寝《ね》しものを塵《ちり》ならぬ名《な》のそらに立《た》つらむ　六七六

枕は共寝の秘密を知ってしまうというので、私は枕さえしないで寝たのに、どうして空に舞う塵でもない噂《うわさ》が、そらに（当て推量で）立ちのぼるのでしょう。

恋歌三巻末の歌。枕は恋の秘密を知るという俗信があった。「空」と「塵」は縁語。若いころ、このような体験に悩まされた伊勢の歌で本巻を結んだのは、撰者《せんじや》の手腕である。

巻第十四　恋《こいの》歌《うた》四

恋歌三に続き「逢《あ》う恋」の歌で始まるが、逢瀬《おうせ》の少ないのを嘆くうちに、愛の破局も予期されてくる。最後は、形見を主題とした歌で終わる。

◎題知らず――読人《よみひと》知らず

陸奥《みちのく》の安《あ》積《さか》の沼《ぬま》の花《はな》かつみかつ見《み》る人《ひと》に恋《こ》ひやわたらむ　六七七

陸奥の安《あ》積沼《さかぬま》に花かつみが美しい花を咲かせるころになった。その花かつみではないが、一方ではこうして逢《あ》っている人に、また一方では恋をしつづけるのであろうか。

――「安積の沼」は福島県郡山市にある沼。「花かつみ」はアヤメ科の花か。恋しい女性の面影を重ねる。第三句までが同音繰り返しで「かつ見」を導く序詞《じょことば》。逢っていても恋しさが止まない。

◎題知らず――凡河内躬恒《おおしこうちのみつね》

かれはてむのちをば知《し》らで夏草《なつくさ》の深《ふか》くも人《ひと》の思《おも》ほゆるかな　六八六

夏草がすっかり枯れてしまうように、この先、あの人が離れていってしまうかもしれないことを思いもしないで、(夏草が深く茂っているように)あの人のことが深く思われることであるよ。

――「かれ」は「枯れ」と「離《か》れ」の掛詞《かけことば》。

◎題知らず――読人《よみひと》知らず

狭筵《さむしろ》に衣《ころも》片敷《かたし》きこよひもや我《われ》を待《ま》つらむ宇治《うぢ》の橋姫《はしひめ》　六八九

敷物の上に自分の衣だけを敷いて独り寝をして、今夜も私の訪れを寂しく待っているのだろうか、宇治の橋姫は。

―自分を待っている女を思いやった歌。「宇治の橋姫」は宇治橋を護《まも》る女神。女をよそえる。

◎題知らず――読人知らず

君《きみ》や来《こ》む我《われ》やゆかむのいさよひに槇《まき》の板戸《いたど》もささず寝《ね》にけり　六九〇

あなたが来てくださるのを待とうかしら、それとも私が行こうかしらとためらっているうちに、十六夜《いざよい》の月までが出てきた。とうとうその月を眺めながら、槙の板戸も閉ざさずに仮寝してしまったことである。

「いさよひ」はためらいの意。「十六夜」を掛ける。「槙」はマキ科の木の名とも、檜《ひのき》などの美称とも解せる。「板戸」は寝室の戸であろう。

◎題知らず——素性《そせい》法師

いま来《こ》むといひしばかりに長月《ながつき》の有明《ありあ》けの月《つき》を待《ま》ちいでつるかな　六九一

今すぐ行くよと、あなたが言われたばかりに、私は九月の長い夜を待ちつくしましたが、待ち人はついに来たらず、有明《ありあけ》の月のほうが空に現れてしまいました。

恋人の訪れを待って夜を明かしてしまった歌。有明の月は毎月下旬の明け方に出る。『百人一首』に入る。

◎題知らず——読人知らず《よみひと》

いつはりのなき世《よ》なりせばいかばかり人《ひと》の言《こと》の葉《は》うれしからまし　七一二

この世がもし、偽りというものの存在しない世であったなら、人がかけてくれる情けの言葉が、どれほど嬉《うれ》しく思われることであろうか。

恋に関してだけではなく、人間への不信の念を底に持っている歌。「世」は男女の仲とも解せる。「人」は「君」と違い、相手を一般化する場合が多い。

◎題知らず——源融《みなもとのとおる》

陸奥《みちのく》のしのぶもぢずり誰《たれ》ゆゑに乱《みだ》れむと思《おも》ふ我《われ》ならなくに　七二四

陸奥の信夫《しのぶ》で産するもじずりの模様のように、あなた以外の誰かのために心を乱そうとする私ではありません。あなたゆえに思い乱れているのです。

「しのぶ」は裏に「忍ぶ恋」を暗示する。「もぢずり」は乱れたように摺《す》り染めた模様であるらしい。初二句が「乱れ」を導く序詞《じょことば》。染色に寄せて二人の愛を誓う。『百人一首』に第四句を「乱れそめにし」として入る。

◎題知らず――伊勢《いせ》

わたつみと荒《あ》れにし床《とこ》をいまさらに払《はら》はば袖《そで》や泡《あわ》と浮《う》きなむ　七三三

あなたの夜離《よが》れを悲しむ涙で海のように荒れはててしまった私の寝床を、今さらあなたのおいでを待って払い清めたりするなら、塵《ちり》を払う袖が泡のように浮いてしまうでしょうよ。

袖で寝床の塵を払うのは、恋人の訪れを待つ行為。その塵を払おうとする袖も、涙の海に浮かんでしまうのである。

◎ある女性とひそかに愛し合ったが、なかなか逢《あ》えなかったので女の家の周囲を歩き回っていたときに、雁《かり》が鳴くのを聞いて、女に詠《よ》んで贈った歌——大友黒主《おおとものくろぬし》

思《おも》ひいでて恋《こひ》しきときは初雁《はつかり》の鳴《な》きて渡《わた》ると人知《ひとし》るらめや　七三五

あなたを思い出して恋しくてたまらない時には、初雁が鳴きながら空を渡るように、あなたの家の辺りを泣きながら歩き回っていることを、あなたは御存じなのでしょうか。

◎題知らず——酒井人真《さかいのひとざね》

大空《おほぞら》は恋《こひ》しき人《ひと》の形見《かたみ》かは物思《ものおも》ふごとにながめらるらむ　七四三

大空は私の恋しい人が残した形見なのだろうか。必ずしもそうではあるまいに、物思いにふけるたびに、どうしてこのように、自然に眺めてしまうのだろう。

―大空を眺めるのは、当時は物思いの現れの一つであった。

◎題知らず――読人《よみひと》知らず

形見《かたみ》こそ今《いま》はあたなれこれなくは忘《わす》るる時《とき》もあらましものを　七四六

本来は愛のしるしの形見であるが、今となってはかえって敵《かたき》のようなものだ。もしこれがなかったならば、悲しい恋を忘れる時だってあろうものを。

―恋歌四巻末の歌。完全に終了した恋の歌によって、この巻は結ばれる。

巻第十五　恋歌《こいのうた》五

恋愛が終わった後の、さまざまの心理をうたった歌を収める。恨みから諦《あきら》め、そして懐かしみの情へと移り変わる恋愛心理の機微が現れる。

◎五条《ごじょう》の后《きさき》（藤原順子）の御所の西の対屋《たいのや》に住んでいた女性（順子の姪《めい》の高子《たかいこ》か）と思うにまかせぬ状態で逢瀬《おうせ》を続けていたが、どうしたことか一月の十日過ぎに、よそに隠れてしまった。彼女の居所《いどころ》は聞いていたが、文通さえもすることができず、翌年の春のこと、梅の花が盛りで月がきれいに照っていた夜、去年のことを恋い慕い、例の西の対屋に行って、月が西に傾くまでがらんとした板敷きの間《ま》に横たわって詠《よ》んだ歌――在原業平《ありわらのなりひら》

月《つき》やあらぬ春《はる》や昔《むかし》の春《はる》ならぬわが身《み》ひとつはもとの身《み》にして　七四七

月よ、お前は去年の月と違うのか。春よ、お前は去年と同じ春ではないのか。あの人がいなくなったばかりに、すべては変わってしまい、かくいう私の身ひとつだけは去年と変わらず、もとのままであって。

『伊勢物語』四段にある歌。古典的な美しい言葉の緊密な連接によって、優美で浪漫《ろうまん》的な気分を醸《かも》し出した王朝名歌といえる。

◎題知らず——藤原兼輔《ふじわらのかねすけ》

よそにのみ聞《き》かましものを音羽河渡《おとはがはわた》るとなしに水馴《みな》れそめけむ　七四九

あの人のことは最初から他人事《ひとごと》と思って噂《うわさ》だけを聞いておくのだったよ。どうして公然と夫婦になるまでもなく、ひそかに馴染《なじ》んでしまったのだろう。

「音羽河」は音羽山から山科へ流れる川。「川を渡る」は後に引けない決心をして関係を持つこと。「見馴れ」に「水馴れ」を掛ける。

◎題知らず——伊勢《いせ》

あひにあひて物思《ものおも》ふころのわが袖《そで》に宿《やど》る月《つき》さへ濡《ぬ》るる顔《かほ》なる　七五六

今夜の月は私の気持にぴったりだ。物思いに沈んでいると、袖の涙に映った月影までが、私に負けずに涙に濡れたような顔をしているよ。

—涙という語を出さず、「物思ふ」「袖」「濡る」などの語でそれを暗示する。

◎題知らず——遍昭《へんじよう》

わが屋戸《やど》は道《みち》もなきまで荒《あ》れにけりつれなき人《ひと》を待《ま》つとせし間《ま》に　七七〇

わが家の庭は気がついてみると、道も見えなくなるほど荒れはててしまった。無情なあの人を待つなどということをしている間に、日数が経《た》ってしまって。

◎題知らず——読人知《よみひと》らず

来《こ》めやとは思《おも》ふものから蜩《ひぐらし》の鳴《な》く夕暮《ゆふぐれ》は立《た》ち待《ま》たれつつ　七七二

来るはずはない、と思いはするものの、蜩が鳴きだす夕暮になると、自然に立ち上がっては待たずにいられない私なのです。

◎藤原仲平《なかひら》と懇《ねんご》ろにしておりましたが、足が遠のき気味になってしまったので、大和守《やまとのかみ》をしていた父(藤原継蔭《つぐかげ》)のところに下って行こうと思って、仲平に詠《よ》んで贈った歌——伊勢《いせ》

三輪《みわ》の山《やま》いかに待《ま》ち見《み》む年経《としふ》ともたづぬる人《ひと》もあらじと思《おも》へば　七八〇

私は大和《やまと》に下りますが、人を待つという三輪山《みわやま》はどれほどあなた様のお越しを待つことでしょう。今後、年が経《た》ってもお越しになる人もあるまいと思うので。

伊勢が大和の父のもとへ移ったのは寛平《かんぴょう》五年（八九三）か六年のことか。後ろ髪を引かれるような女性の悲しみを訴えた歌。「三輪山」は奈良県桜井市にあり、大神《おおみわ》神社の神体とされる山。
一四〇頁九八二番歌参照。

◎題知らず――小野小町《おののこまち》

今《いま》はとてわが身時雨《みしぐれ》にふりぬれば言《こと》の葉《は》さへに移《うつ》ろひにけり　七八二

今はこれまでと私自身が秋の時雨が降るように古ぼけてしまったので、あなたのお言葉までが木の葉同様に変わりはてました。

一「降り」と「古《ふ》り」、「言の葉」と「葉」を掛ける。

◎物思いに沈んでいるころ、外出した途中で野火《のび》が燃えていたのを見て詠《よ》んだ歌——伊勢《いせ》

七九一

冬枯《ふゆが》れの野辺《のべ》とわが身《み》を思《おも》ひせばもえても春《はる》を待《ま》たましものを

あの人の訪れが遠のいたわが身を、仮に「冬枯れの野辺」と思うことができたら、そこに放たれる野火のように情熱を燃やして、恋が芽生える春に期待をかけるでしょうに。

野辺ならば野焼きの後、新たな命が芽吹くでしょうが、私は一度衰えが来たら盛りは再び来ない。男の心をとらえられなくなった女の悲哀が詠まれている。

◎題知らず——小野小町《おののこまち》

七九七

色見《いろみ》えで移《うつ》ろふものは世《よ》の中《なか》の人《ひと》の心《こころ》の花《はな》にぞありける

色は見えないけれども色あせるものは、ほかならぬ、人の心の花だったのだなあ。

「色がないから色あせたかどうかもわからないけれども色あせた」と警句的に表現した。花は美しいが、真実の乏しいもの。「人の心の花」という表現に注目。

流《なが》れては妹背《いもせ》の山《やま》のなかに落《お》つる吉野《よしの》の河《かは》のよしや世《よ》の中《なか》　八二八

◎題知らず――読人《よみひと》知らず

流れて行って最後は妹山《いもやま》・背山《せやま》の間に割りこんで激しく流れ落ちてくる吉野川よ。えい、ままよ。仕方がない。男と女の世界というものはこんなものよ。

「吉野川」は奈良県吉野山の麓《ふもと》を流れる川。妹山と背山の間を流れる。睦《むつ》まじいはずの妹背の間に、文字どおり水をさした、皮肉で、やや意想外な恋の巻のフィナーレ。

巻第十六　哀《あい》傷《しょうの》歌《うた》

『万葉集』の挽歌《ばんか》に相当する。死別の悲しみや服喪の歌、辞世の歌などを収める。

◎妹が亡くなった時に詠《よ》んだ歌——小《お》野篁《ののたかむら》

泣《な》く涙雨《なみだあめ》と降《ふ》らなむ渡《わた》り川水《がはみづ》まさりなば帰《かへ》りくるがに

八二九

私の泣き悲しむ涙が雨となって降ってほしい。それで、三途川《さんずのかわ》が洪水《こうずい》になれば、彼女がやむをえずこの世に引き返してくるように。

◎紀友則《きのとものり》が亡くなった時に詠《よ》んだ歌――紀貫之《きのつらゆき》

明日《あす》知《し》らぬわが身《み》と思《おも》へど暮《く》れぬ間《ま》の今日《けふ》は人《ひと》こそ悲《かな》しかりけれ　八三八

明日の命も知らないわが身であることは承知しているのだが、日の暮れない今日の間は死んだ彼のことが悲しくて、他のことを考える余裕がないのだ。

――友則の死を悼む歌があることから、彼は『古今集』完成の前に没したかと考えられる。

◎深草《ふかくさ》の帝《みかど》（仁明《にんみょう》天皇）の御代《みよ》に、蔵人頭《くろうどのとう》として昼夜、帝の身辺にお仕えしていたが、帝が亡くなって世は諒闇《りょうあん》（天皇がその父母の喪に服す期間）になってしまったので、以来まったく世間づきあいを絶ち、比叡山《ひえいざん》に登って出家してしまった。その翌年、人々はみな喪服を脱いで、ある者は位階が昇進したりなどして、祝っていたのを耳にして詠んだ歌――遍昭《へんじょう》

みな人《ひと》は花《はな》の衣《ころも》になりぬなり苔《こけ》の袂《たもと》よかわきだにせよ　八四七

人々はみな喪《も》があけて花のようなきれいな着物に戻ったそうだ。私は依然として僧衣のままであるが、わが衣の袂よ、せめて涙が乾いてほしい。

「花の衣」は歌の詠まれた季節を表し、同時に「苔の袂」（僧侶《そうりょ》の粗末な衣服）の対《つい》となる。「なりぬなり」の「なり」は伝聞。作者は比叡《ひえい》山で都の消息を聞いたのである。

◎病気をして衰弱した時に詠んだ歌――在原業平《ありわらのなりひら》

つひにゆく道《みち》とはかねて聞《き》きしかど昨日今日《きのふけふ》とは思《おも》はざりしを　八六一

誰《だれ》しも最後には行く道であるとはかねてから聞いてはいたのだけれど、それが昨日や今日旅立つ差し迫ったものだとは思っていなかったよ。

『伊勢物語』最終段にある歌。無常思想や悲しみを大げさに表現することなく、平凡な人間の心をそのまま述懐することで、かえって真実に触れる緊迫感を与えている。

巻第十七　雑《ぞうの》歌《うた》上

四季・恋など特定の部に収められないものを雑の部二巻にまとめた。上巻には、行事にまつわる歌、月の歌、嘆老の歌などがある。

◎題知らず――読人《よみひと》知らず

紫《むらさき》のひともとゆゑに武蔵野《むさしの》の草《くさ》はみながらあはれとぞ見《み》る　八六七

ただ一本の好きな紫草《むらさき》があればこそ、武蔵野に生えているすべての草が懐かしいものに見えるのです。

「紫草」はムラサキ科の多年草で、根を薬や染料とした。「武蔵野」は武蔵国（東京都・埼玉県・神奈川県の一部）一帯の平野。後には、愛するひとりの人があるので、その関係者のすべてに親しみを感じる、と解釈された。

◎五節《ごせち》の舞姫《まいひめ》を見て詠《よ》んだ歌——良岑宗貞《よしみねのむねさだ》（遍昭《へんじょう》）

天《あま》つ風雲《かぜくも》の通《かよ》ひ路《ぢ》吹《ふ》きとぢよをとめの姿《すがた》しばしとどめむ　八七二

空吹く風よ、雲が通う天空の道を吹き閉じてくれ。しばらくでもいいから、空に帰ろうとする天《あま》つ乙女《おとめ》の姿をそこにとどめてもっと見たいと思うので。

「五節の舞姫」は、陰暦十一月に行われる豊明節会《とよのあかりのせちえ》（天皇が新穀を食し、臣下にも賜る儀式）に際し、舞を舞う五人の未婚女性。五節の舞の起源は、天武天皇が吉野山で天女の舞を見たことにあるとされる。舞姫を天女に見立てるのは、この故事を踏まえた表現。幻想的で劇的な歌で、遍昭の在俗時代の気分がよく表れている。『百人一首』に入る。

◎五節《ごせち》の舞《まい》のあった翌朝、簪《かんざし》の玉が落ちていたのを見つけて、誰《だれ》のだろうと尋ねまわって詠《よ》んだ歌――源融《みなもとのとおる》

主《ぬし》やたれ問《と》へど白玉《しらたま》いはなくにさらばなべてやあはれと思《おも》はむ　八七三

魅力ありそうなお前の持ち主はどの舞姫かねと聞いてみたが、白玉は知らないふりをして答えてくれないよ。それでは舞姫みんなを持ち主だと考えて、ひとしなみにかわいい、いとおしいと思ってもいいのだろうか。

「白玉」を、他の男性から舞姫への贈物と見たものか。それをもらったのは私だと、誰も名告《なの》らないのなら、どの人を愛してもよかろうと洒落《しやれ》たのである。

◎題知らず――読人《よみひと》知らず

わが心慰《こころなぐさ》めかねつ更級《さらしな》や姨捨山《をばすてやま》に照《て》る月《つき》を見《み》て　八七八

私の心はついに慰められなかった。更級《さらしな》の姨捨山《おばすてやま》に照る月を見ているとかえって何か悲しくなってきて。

「更級」は長野県千曲《ちくま》市の地。「姨捨山」は長野県北部の善光寺平《ぜんこうじだいら》の南方にあり、観月の名所として知られる。この地方に旅をした人の歌か。また、この山に老人を棄てた人の歌だとか、その棄てられた老人の歌だとかいう伝説も、『大和《やまと》物語』や『俊頼髄脳《としよりずいのう》』などにある。

◎在原業平《ありわらのなりひら》の母の皇女（伊都内親王《いとないしんのう》）が長岡《ながおか》に住んでいました時に、業平は宮仕えが忙しいといって時たまでさえも訪ねていくことができませんでしたので、ある年の十二月ごろ、母君の所から「急用」と称して使いが手紙を持ってきた。開けてみたら中には手紙の言葉はなくて、書いてあった歌――伊都内親王

九〇〇 老《お》いぬればさらぬ別《わか》れもありといへばいよいよ見《み》まくほしき君《きみ》かな

年をとると、誰《だれ》も避けることのできない死別ということもあると言いますので、このごろはますますお会いしたいと願う、あなたなのです。

『伊勢物語』八四段にある歌。伊都内親王は桓武《かんむ》天皇の第七皇女。「長岡」は平安遷都前に十年間都であった地（京都市、長岡京市、向日《むこう》市にわたる）。

◎返し——在原 業平《ありわらのなりひら》

世《よ》の中《なか》にさらぬ別《わか》れのなくもがな千代《ちよ》もと歎《なげ》く人《ひと》の子《こ》のため　九〇一

この世の中に、避けることのできない別れなどなければよいのですが。母君の寿命が千年もありますようにと心配しながら祈っている子どものために。

◎題知らず——藤原興風《おきかぜ》

誰《たれ》をかも知《し》る人《ひと》にせむ高砂《たかさご》の松《まつ》も昔《むかし》の友《とも》ならなくに　九〇九

私は誰《だれ》を心を知り合った親友としたらいいのだろうか。高砂の松は私に負けない老齢ではあるが、松では昔馴染《むかしなじ》みの友人にはならないのだから。

「高砂」は兵庫県高砂市・加古川市付近の地。「高砂の松」は老年の象徴。孤独な老人の悲しみを歌ったもの。『百人一首』に入る。

◎文徳《もんとく》天皇の御代《みよ》に、清涼殿《せいりようでん》の台盤所《だいばんどころ》で御屏風《びようぶ》の絵をご覧になっていた時に、「滝の落ちているところが興が深い。これを題にして歌を詠《よ》め」と、お側にいた人に仰せられたので詠んだ歌――三条町《さんじようのまち》（紀静子《きのせいし》）

九三〇

思《おも》ひせく心《こころ》のうちの滝《たき》なれや落《お》つとは見《み》れど音《おと》のきこえぬ

つのる思いをせきとめられている心の中の滝だからでしょうか、水が落ちていることは見ればわかりますが、音はまったく聞えないことですよ。

屏風に描かれた滝の絵を見て詠んだ歌。

巻第十八　雑歌下《ぞうのうた》

雑の部の後半である。収められた歌の基調には、無常・厭世《えんせい》の思想がみえる。

◎題知らず――読人《よみひと》知らず

世《よ》の中《なか》はなにか常《つね》なるあすか河昨日《がはきのふ》の淵《ふち》ぞ今日《けふ》は瀬《せ》になる　九三三

この世の中では何が常住不変《じようじゆうふへん》のものだろうか。飛鳥川《あすかがわ》の昨日の深い淵が今日はもう浅い瀬に変わるという有様では、明日のことを保証できるものがあるだろうか。

「飛鳥川」は、奈良県高市《たかいち》郡明日香《あすか》村を流れ、大和川《やまとがわ》に注ぐ川で、流れが変わりやすいものとして、世の転変の多いことにたとえられた。昨日―今日―明日という語を並べて、時の流れとともにすべてが流れ去ることを暗示し、リズムもまた流れるようである。

◎文屋康秀《ふんやのやすひで》が三河掾《みかわのじょう》に任じられた時、「今度の私の任国をご視察においでになりませんか」と言ってよこしたので、その返事に詠《よ》んだ歌――小野小町《おののこまち》

わびぬれば身《み》をうき草《くさ》の根《ね》を絶《た》えて誘《さそ》ふ水《みづ》あらばいなむとぞ思《おも》ふ　九三八

寂しく心細く、わが身を嘆いて失意の日々を送っておりますので、もし、真実、誘ってくださる方があるならば、浮草《うきくさ》のように根を断ち切ってどこへでも行ってしまおうと思っております。そのような方がいらっしゃるでしょうか。

「三河掾」は三河国司の三等官。「身を憂き」と「浮草」を掛けた。

◎題知らず――読人《よみひと》知らず

世《よ》の中《なか》は夢《ゆめ》かうつつかうつつとも夢《ゆめ》とも知《し》らずありてなければ　九四二

この世は夢なのか、それとも現実なのか。現実であるとも夢なのだとも、どちらともよくわからない。それは、存在するようで、存在しないようなものだから。

◎文徳《もんとく》天皇の御代《みよ》に、ある事件にかかわりあって摂津国《せっつのくに》の須磨《すま》という所に引きこもっておりました時、宮廷に仕えておりました人に贈った歌――在原　行平《ありわらのゆきひら》

わくらばに問《と》ふ人《ひと》あらば須磨《すま》の浦《うら》に藻塩《もしほ》たれつつわぶとこたへよ　九六二

たまさかにでも私の消息を聞いてくれる人があったら、「彼は須磨の浦で藻《も》塩草《しおぐさ》から潮水《しおみず》が垂れるように涙をこぼしつつ心細く暮らしている」と答えて

ください。

行平が須磨（神戸市須磨区）に籠《こも》るに至った事件は具体的には不明。光源氏が須磨に退去したように、とくに罪人にならなくても、一時、都の外に身を引いたか。当時は、海草に潮水をかけて焼いて塩を採っていたが、その潮水をかける「藻塩たれ」に涙を流すことを掛ける。

◎惟喬親王《これたかのみこ》の所に出入りしていたころ、親王が出家なさって小野《おの》というところに住んでおりましたので、正月にお見舞いしようと思って参上したが、比叡山《ひえいざん》の麓《ふもと》であったので雪がたいそう深かった。無理を押して親王の僧房に着いてお目通りをしたが、親王は所在ないご様子だったので、大変もの悲しくて、都に帰って参りまして詠《よ》んで贈った歌――

在原業平《なりひら》

忘《わす》れては夢《ゆめ》かとぞ思《おも》ふおもひきや雪踏《ゆきふ》みわけて君《きみ》を見《み》むとは　九七〇

私は親王様が出家なさったということをふと忘れてしまって、このたびのお目通りを夢ではなかったかと思います。この深い雪を踏み分けて、あのような所で親王様にお目にかかるなんて、考えもしなかったことでした。

―惟喬親王の出家は三七頁七四番歌参照。小野の幽居は比叡山西麓《せいろく》、京都市左京区八瀬《やせ》・大原辺り。

◎題知らず――読人知らず《よみひと》

わが庵《いほ》は三輪《みわ》の山《やま》もと恋《こひ》しくはとぶらひ来《き》ませ杉立《すぎた》てる門《かど》　九八二

私の庵《いおり》は三輪山の麓《ふもと》にあります。私が恋しくなったらどうぞ訪ねてきてください。門の脇《わき》にある杉を目印として。

―「三輪山」は奈良県桜井市にある山。作者は三輪の神だという伝説がある。大和地方で最も古いこの地が衰微したころに発生した民謡であろうか。和歌としても古い格調を残している。

◎題知らず――喜撰《きせん》法師

わが庵《いほ》は都《みやこ》の辰巳《たつみ》しかぞ住《す》む世《よ》をうぢ山《やま》と人《ひと》はいふなり　九八三

私の庵《いおり》は都の東南にある。このように都から離れて心やすらかに暮らしています。その宇治山もやはり「世は憂し」と世を厭《いと》うて入る山だと人さまは言っているそうです。

「宇治山」は京都府宇治市東部の山地で、喜撰が住んだと伝えられる喜撰山がある。『百人一首』に入る。

◎清和《せいわ》天皇の貞観《じょうがん》年間（八五九〜八七七）に、「万葉集はいつごろ編集されたのか」と、ご下問《かもん》があったので、詠んで献上した歌――文屋有季《ふんやのありすえ》

神無月《かんなづき》時雨《しぐれ》降《ふ》りおける楢《なら》の葉《は》の名《な》におふ宮《みや》の古言《ふること》ぞこれ　九九七

十月の時雨は色づいた楢の葉に降り注ぐということでありますが、その木と同じ名をもった奈良の宮の時代の古歌であります、この万葉集は。

—『万葉集』の成立年代に触れた最古の記録として有名である。

巻第十九　雑躰歌《ざつたいのうた》

短歌以外のもの、「長歌《ちようか》」「旋頭歌《せどうか》（五七七、五七七の音数からなる）」「誹諧歌《はいかいか》（縁語や掛詞《かけことば》、卑俗な語句、擬人法などを意識的に用いて滑稽味《こつけいみ》を出す）」をまとめて一巻としたもの。

ここでは、旋頭歌と誹諧歌各一首を掲載した。

旋頭歌

◎題知らず――読人知らず《よみひとしらず》

うちわたす遠方人《をちかたびと》にもの申《まう》すわれ　そのそこに白《しろ》く咲《さ》けるは何《なに》の花《はな》ぞも

一〇〇七

かなたに見わたす遠くのお方にちょっとお尋ね申したい。そこのところに真っ白に咲いているのは、何の花なのですか。

一「白い花」は梅の花か。女性を梅の花と見た求婚の歌であろう。

誹諧歌

◎題知らず――素性《そせい》法師

山吹《やまぶき》の花色衣《はないろころも》ぬしや誰《たれ》問《と》へどこたへずくちなしにして　一〇一二

美しい山吹の花の色の着物、おまえの持ち主は誰《だれ》かね。聞いても答えてくれないね。くちなしとみえて。

一 山吹色は梔子《くちなし》の実で染めた。「口無し」を掛ける。

巻第二十

大《おお》歌《うた》所《どころの》御《おおん》歌《うた》・神《かみ》遊《あそ》びの歌・東《あずま》歌《うた》

宮廷の儀式や神事で演奏する音楽の歌詞を、「大歌所御歌（大歌所は桓武《かんむ》天皇のころ雅楽寮から独立して創設された役所）」「神遊びの歌（古くからの神楽歌《かぐらうた》と大嘗祭《だいじょうさい》の歌詞）」「東歌《あずまうた》（宮廷・諸社で演奏された東舞《あずままい》の歌詞）」に大別して集めている。

大歌所御歌

◎大和舞《やまとまい》の古い歌詞

細枝《しもと》結《ゆ》ふ葛城山《かづらぎやま》に降《ふ》る雪《ゆき》の間《ま》なく時《とき》なく思《おも》ほゆるかな

一〇七〇

葛城山《かずらぎやま》に降る雪は間《ま》をおかず時をおかないように、あの人を恋する私の思いも間《ま》をおかず時をおかないことよ。

大和舞は大和国《やまとのくに》を中心に古代から伝来した舞楽。葛城山は大阪府と奈良県の境にある山で、「細枝結ふ」は「葛城山」にかかる枕詞《まくらことば》。

神遊びの歌

◎採《と》り物《もの》の歌

み山《やま》には霰降《あられふ》るらし外山《とやま》なる真拆《まさき》の葛色《かづらいろ》づきにけり

奥山にあられが降っているらしい。里近くの山のまさきの葛がきれいに色づいたもの。

「採り物」は神楽《かぐら》の舞人が手に持つ物で、榊《さかき》、幣《みてぐら》、杖《つえ》、篠《ささ》、弓、剣、鉾《ほこ》、杓《ひさご》、葛《かずら》の九つ。『和歌十体《じったい》』で「神妙体」の例歌、藤原公任《きんとう》の『和歌九品《くほん》』で「上品《じょうぼん》」の例歌に挙げられるなど、平安中期から注目されていた歌である。

東《あずま》歌《うた》

◎陸奥歌《みちのくうた》

一〇八八

陸奥《みちのく》はいづくはあれど塩竈《しほがま》の浦《うらこ》漕ぐ舟《ふね》の綱手《つなで》かなしも

陸奥はどこもそうだが、特に、塩竈《しおがま》の浦を漕ぐ舟を引き綱で引いていく様子だけは何といっても心にしみて物哀れなものである。

「塩竈の浦」は宮城県塩竈市の塩釜湾《しおがまわん》。東北地方の風景の中で、特に哀れを感じさせるのが、塩竈の浦漕ぐ舟の綱手だというのだろう。

◎陸奥歌《みちのくうた》

最上河《もがみがは》のぼればくだる稲舟《いなふね》のいなにはあらずこの月《つき》ばかり

一〇九二

最上川《もがみがわ》をこのごろ上り下りしている稲舟、私の返事はその稲舟の「いな（否）」ではありませんが、ただ今月だけは都合が悪いのです。

神事・物忌《ものいみ》・穢《けが》れなどのため支障のある女性が、結婚の延期を求めている歌と思われる。ちょうど新穀を積んだ舟が川を上下する時期なので、その光景をそのまま序詞《じょことば》とした。

◎陸奥歌

君《きみ》をおきてあだし心《ごころ》をわが持《も》たば末《すゑ》の松山波《まつやまなみ》も越《こ》えなむ

一〇九三

あなたをさしおいてほかの人に心を移すなんてことがあろうものならば、あの海岸に聳《そび》える末《すえ》の松山《まつやま》を波も越えてしまうでしょう。

「末の松山」は、宮城県多賀城市にあったという山。「末の松山を波が越える」のは、あり得ないことのたとえ。

◎常陸歌《ひたちうた》

筑波嶺《つくばね》のこのもかのもに蔭《かげ》はあれど君《きみ》がみかげにますかげはなし　一〇九五

筑波山《つくばさん》のこちらにもあちらにも木陰はいくらもありますが、あなたのかげ（姿）にまさるものはありません。

「筑波山」は、茨城県つくば市北方にある山で、嬥歌《かがい》（春秋に男女が集って歌い舞って恋をする行事）で有名であった。これも嬥歌の歌ではなかったろうか。

◎冬の賀茂祭《かものまつり》の歌――藤原敏行《ふじわらのとしゆき》

ちはやぶる賀茂《かも》のやしろの姫小松《ひめこまつ》万世経《よろづよふ》とも色《いろ》はかはらじ　二〇〇

賀茂の神域のかわいらしい姫小松は、万代《よろずよ》を経《へ》ても、その若々しい緑の色は変わることはあるまい。

「冬の賀茂祭」とは、陰暦十一月の賀茂神社の臨時の祭。醍醐《だいご》天皇の父帝、宇多《うだ》天皇が寛平《かんぴょう》元年（八八九）に初めて行い、その時の東遊び（東国風の歌舞）の歌詞を敏行に作らせた。賀茂神社の神威を讃《たた》え、めでたい松の緑の永続を祝い、裏に和歌の将来の発展を願う気持をこめた、『古今集』の結びを飾るにふさわしい歌である。

新古今和歌集

峯村文人［校訂・訳］

新古今和歌集

❖ 内容紹介

『新古今和歌集』は、第八番目の勅撰《ちょくせん》和歌集である。その完成を祝う竟宴《きょうえん》が、国史である『日本書紀《にほんしょき》』講説後の竟宴になぞらえて催されたのは元久《げんきゅう》二年（一二〇五）三月二十六日、『古今和歌集』成立の延喜《えんぎ》五年（九〇五）から干支も同じく乙丑《きのとうし》の、ちょうど三百年後のことであった。

これはもちろん偶然のことではない。下命者《かめいしゃ》であり、撰集作業の実質的な指導者でもあった後鳥羽《ごとば》院が、最初の勅撰集である『古今集』と同じ干支の成立に執したからである。しかし、実はその時は全巻の清書も間に合わず、摂政《せっしょう》太政大臣藤原良経《ふじわらのりょうけい》執筆の仮名序《かなじょ》も未完成であり、撰者の一人として中心的な役割を果たしていた藤原定家《ていか》などは、前例もなく完成してもいないうちの祝宴を批判し、出席しなかったほどである。竟宴の翌々日には後鳥羽院の意志で早速切継《きりつぎ》と呼ばれる歌の追加・削除の作業が始められ、それは承元《しょうげん》四年（一二一〇）九月まで延々と続けられた。後鳥羽院は、承久《じょうきゅう》の乱に敗れて隠岐《おき》に配流《はいる》された後も『新古今集』の精撰《せいせん》をこころみ、四百首ほどの削除を行なう。それほどこの歌集に強い思い入れがあったのである。

右に述べたこと、すなわち『新古今集』が『古今集』とその成立期である延喜・天暦《てんりゃく》の治世を聖代《せいだい》として強く意識していたこと、国史になぞらえて竟宴を催したこと、さらに和歌所《わかどころ》という機関を設け、源通《みなもとのみち》具《とも》・藤原有家《ありいえ》・藤原定家・藤原家隆《いえたか》・藤原雅経《まさつね》・寂蓮《じゃくれん》（建仁二年七月没）を撰者とし、その任に当たらせつつも、後鳥羽院が強力な指導力と思い入れを持って撰集作業に深く関与し、集の体裁も院の親撰《しんせん》というかたちを取っていることは、この歌集の内容や性格、特に政治性を考える上で重要である。

歌数は伝本によって異なるが、代表的な本文では一九七八首、すべて短歌形式で「春上、春下、夏、秋上、秋下、冬、賀、哀傷、離別、羇旅《きりよ》、恋一、恋二、恋三、恋四、恋五、雑《ぞう》上、雑中、雑下、神祇《じんぎ》、釈教《しやつきよう》」の二十巻に分類されている。四季の歌六巻（七〇六首）、恋の歌五巻（四四六首）と、四季と恋とが歌集の大きな柱となっているのは『古今集』同様だが、四季の歌が圧倒的に多い点に本歌集の公的性格が表れている。また四季では春の歌（一七四首）より秋の歌（二六六首）が多く、冬の歌が四季の四分の一弱をも占める（一五六首）点、注目される。また、巻頭歌《かんとうか》と巻軸歌《かんじくか》の呼応、歌の素材や表現を考慮して配列するなど細かい配慮もなされており、『新古今集』は『古今集』を規範としながらも、随所にその当時の好尚や固有の美意識、姿勢を反映させているのである。

詠歌年代や詠《よ》み手の尊卑《そんぴ》を区別せずと仮名序にあるように、『新古今集』には、歴代の勅撰入集歌との重複を避けつつ、時代や詠みぶりの異なるさまざまな詠歌が収められる。集の大半を占めるのは当代歌人――俊成《しゆんぜい》、定家、家隆、式子内親王《しよくし》、慈円《じえん》、良経、後鳥羽院ら――の詠だが、その中には仁徳《にんとく》天皇のような古代の英雄、住吉明神《すみよしみようじん》や清水観音《きよみず》といった神仏、人麿《ひとまろ》や業平《なりひら》、貫之《つらゆき》、紫式部《むらさきしきぶ》、源俊頼《としより》など物語史や和歌史を彩った人物、伝教大師《でんぎようだいし》や菅原道真《すがわらのみちざね》など宗教・政治史上不可欠な人物の歌などが、考え抜かれた配列で収められている。また、最多の九四首が入集する西行《さいぎよう》の個性的かつ深い心のこもる詠みぶりは、集の中では異彩を放っているが、その詠歌と生涯とに憧憬《しようけい》の念を抱く撰者たちの配列の妙によって、どの歌も輝きを損ねず、他の歌と有機的に結びついているのである（詳しくは巻末解説二九九頁を参照されたい）。

仮名序《かなじょ》

『新古今集』序文には、後鳥羽院《ごとばいん》の意志を体して藤原良経《ふじわらのよしつね》が書いた仮名序と、同じく院の心を体して藤原親経《ちかつね》が書いた真名序《まなじょ》とがある。ここでは仮名序を採り上げ、その前半と後半（途中を省略）を採録する。

やまと歌（和歌）は、昔、天地が開け始めて、人の営みがまだ定まらなかった時、日本（原文の「葦原の中つ国」は日本の古称）の歌として、稲田姫《いなだひめ》（櫛名田姫《くしなだひめ》）の住んでいた素鵞《すが》の里（須佐之男命《すさのおのみこと》が稲田姫と結婚するために宮殿を造営した出雲《いずも》の地。ここで「八雲立《やくもた》つ　出雲八重垣《いづもやへがき》　妻《つま》ごみに　八重垣《やへがき》作る　その八重垣《やへがき》を」と歌った）から伝わっているということである。そうした時以来、和歌の道が盛んに興り、その流れは今日《こんにち》まで絶えることがなくて、恋愛に熱中したり心の思いを述べ訴えたりするなかだちとし、世を治めたり民の心をなごやかにしたりする道としている。このようであったので、代々の帝《みかど》も和歌をお捨てにならず、選び集めておかれたいくつもの勅撰《ちよくせん》和歌集は、家々の賞翫書《しようがんしよ》となって、もはや、言葉の美しい歌は、拾い残されて落ちている所がありにくく、思いの深い歌は、拾い漏らされて隠れているはずもない。そうではあるけれど、伊《い》勢《せ》の海の清い渚《なぎさ》の玉は、拾っても尽きることがなく（『催馬楽《さいばら》』「伊勢海《いせのうみ》」の「伊勢の海の　きよき渚に　潮間《しほがひ》に　なのりそや摘まむ　貝や拾はむや　玉や拾はむや」による）、泉の杣山《そまやま》のたくさんの宮木《みやぎ》は、伐《き》り出しても絶えるはずがない（『万葉集』巻十一「宮木引く泉の杣に立つ民《たみ》の息《やす》む時なく恋《こ》ひわたるかも」による。「宮木」は宮殿造営の材、「泉の杣」は京都府の木津川沿いの材木を伐り出す山）。物は、みな、このようである。和歌の道も、また、同じであろう。

　このようなわけで、右衛門督《うえもんのかみ》源朝臣通具《みなもとのあそんみちとも》、大蔵卿藤原朝臣有家《おおくらきようふじわらのあそんありいえ》、左近中将《さこんのちゆうじよう》藤原朝臣定家《さだいえ》、前上総介《さきのかずさのすけ》藤原朝臣家隆《いえたか》、左近少将《さこんのしようしよう》藤原朝臣雅経《まさつね》らに仰せつけて、昔とか今とかいうように時を区別せず、身分が高いとか低いとかによって、人をきらいしりぞけるようなことをせず、目に見えない神や仏の歌も、さらに、夢で伝えていることまで、広く求め、至らぬ所まで集めさせた。めいめいが撰《えら》んで奉った歌は、夏引きの糸（夏につむぐ糸で、「一筋」の序詞《じよことば》）の一筋であるようには一様でなく、夕べの雲の（「定めがたき」の序詞）定めがたきがごとく取捨の判断がしにくいので、「緑の洞《ほら》」である仙洞《せんとう》（上皇御所）の、花のかんばしい朝、また、美しい軒下の敷石の、風の涼しい夕方、「難波津《なにわづ》」の歌（『古今集』仮名序に出る「難波津《なにはづ》に咲くや木の花《はな》冬こもり今は春べと咲くや木の花《こ》」）からの流れに照らして、優劣を判定し、「浅香山《あさかやま》」の歌（『万葉集』巻十六の「安積山《あさかやま》影さへ見ゆる山《やま》の井《ゐ》の浅き心を我《わ》が思はなくに」）からの歩みに照らして、深浅を判別した。『万葉集』に入っている歌は、これを除かず、『古今集』以来、七代の勅撰和歌集に入っている歌は、これを載せることがない。ただし、たくさんの歌の中に分け入り、たくさんの歌集類を調べて選んでも、空を飛ぶ鳥が網を漏れ、水に住む魚が釣りをのがれるように、撰び落とした類《たぐい》は、昔もないわけではないので、今も、また、あるかもしれないのである。すべて、集めた歌は、二千首（実数は一九七八首）、二十巻。名づけて『新古今和歌集』という。

――やまと歌は、昔、天地《あめつち》開《ひら》け始めて、人のしわざいまだ定《さだ》まらざりし時、葦原《あしはら》の中《なか》つ国《くに》の言《こと》の葉《は》として、稲田《いなだ》姫《ひめ》、素鵞《すが》の里よりぞ伝はれりける。しかありしよりこのかた、その道盛《さか》りに興《おこ》り、その流れ今に絶ゆることなくして、色《いろ》にふけり心をのぶるなかだちとし、世《よ》を治め民《たみ》をやはらぐる道とせり。かかりければ、代々の帝《みかど》もこれを捨てたまはず、えらび置かれたる集《しふ》ども、家々《いへいへ》のもてあそび物として、言葉《ことば》の花、残れる木《こ》の下《もと》かたく、思ひの露、漏《も》れたる草隠《くさがく》れもあるべからず。しかはあれども、伊勢《いせ》の海《うみ》清き渚《なぎさ》の玉《たま》は、拾ふとも尽くることなく、泉《いづみ》の杣《そま》しげき宮木《みやぎ》は、引くとも絶ゆべからず。物皆《ものみな》かくのごとし。歌の道、また同じかるべし。

これによりて、右衛門督《うゑもんのかみ》 源《みなもと》 朝臣《あそん》通具《みちとも》、大蔵卿《おほくらきやう》藤原《ふぢはら》朝臣《あそん》有家《ありいへ》、左近中将《さこんのちゆうじやう》藤原朝臣定家《さだいへ》、前上総介《さきのかづさのすけ》藤原朝臣家隆《いへたか》、左近少将《さこんのせうしやう》藤原朝臣雅経《まさつね》らに仰せて、昔今《むかしいま》、時を分《わか》たず、高き賤《いや》しき、人をきらはず、目に見えぬ神仏《かみほとけ》の言《こと》の葉《は》も、うば玉《たま》の夢に伝へたることまで、広く求め、あまねく集めしむ。おのおのえらび奉《たてまつ》れるところ、夏引《なつひ》きの糸の一筋《ひとすぢ》ならず、夕べの雲の思ひ定《さだ》めがたきゆゑに、緑の洞《ほら》花かうばしき朝《あした》、玉の砌《みぎり》風涼しき夕べ、難波津《なにはづ》の流れを汲《く》みて、澄《す》み濁《にご》れるを定め、浅香山《あさかやま》の跡を尋《たづ》ねて、深き浅きを分《わか》てり。万葉集《まんえふしふ》に入《い》れる歌はこれを除《のぞ》かず、古今《こきん》よりこのかた、七代《しちだい》の集に入れる歌をばこれを載《の》することなし。ただし、言葉《ことば》の園《その》に遊び、筆《ふで》の海を汲みても、空飛ぶ鳥の網を漏《も》れ、水に住む魚《うを》の釣《つり》をのがれたるたぐひは、昔もなきにあらざれば、今もまた知らざるところなり。すべて、集めたる歌、二千《ふたち》ぢ二十巻《はたまき》。名づけて新古今和歌集《しんこきんわかしふ》といふ。（略）

かの『万葉集』は、和歌の源である。が、時が移り事柄が隔たって、今の人にはわかりづらい。延喜《えんぎ》の聖帝（醍醐《だいご》天皇）の御代《みよ》には、四人（紀貫之《きのつらゆき》、紀友則《とものり》、凡河内躬恒《おおしこうちのみつね》、壬生忠岑《みぶのただみね》）に勅を下して『古今集』を撰《えら》ばせ、天暦《てんりやく》の賢帝（村上天皇）は五人（源　順《みなもとのしたごう》、坂上望城《さかのうえのもちき》、清原元輔《きよはらのもとすけ》、紀時文《ときぶみ》、大中臣能宣《おおなかとみのよしのぶ》）に仰せつけて『後撰《ごせん》集』を集めさせていられる。そののち『拾遺《しゅうい》集』（花山院《かざんいん》または藤原公任《きんとう》撰）、『後拾遺集』（藤原通俊《みちとし》撰）、『金葉《きんよう》集』（源俊頼《としより》撰）、『詞花《しか》集』（藤原顕輔《あきすけ》撰）、『千載《せんざい》集』（藤原俊成撰）などの集はみな、一人の撰者が勅を承っているので、聞き漏らし、見およばないところもあることであろう。よってわたし（後鳥羽院）は、『古今集』『後撰集』の二集の前例を改めず、五人の人々

を定めて、しるし奉らせるのである。その上、わたし自身が手を下して、歌を選定し磨き整えたが、こうしたことは、遠く唐土《もろこし》（中国）の文章の道を尋ねると前例があるけれど、わが国では、和歌が始まってのち、世々《よよ》にこのような例はなかったことである。この世々の集のうち、帝自身の歌を載せていることは、古くからの同例はあるけれど、十首はこえないであろう。そのようであるのに、今あれこれ撰んだわたし自身の歌は、三十首余りになっている。これはみな、人が目をそそぐような美しさもなく、心をとめるような珍しさもありにくいために、かえってどの歌がよいと判別しにくいので数が積り、捨てられなくなってしまったからで、このことは、和歌の道に熱中する思いが深くて、後世のあざけりを顧みないということになるのであろう。

時に元久《げんきゅう》二年（一二〇五）三月二十六日に、まさに記し終わる。目に見える今を軽《かろ》んじ、耳に聞く昔を重んじるあまり、古いすぐれた先例に劣ることを恥じるけれど、和歌の流れから学んで、その源を尋ねたために、絶えることのない和歌の道を復興したので、この集は、時節は改まっても、散り失《う》せることがなく、年はめぐっても、空行く月は曇ることがなくて、今、この盛時にめぐり逢《あ》う者はこの集の完成を喜び、後世《こうせい》、この和歌の道を仰ぐ者は今を慕わないことがあろうか。

かの万葉集《まんえふしふ》は歌の源《みなもと》なり。時移り事隔《ことへだ》たりて、今の人知《し》ることかたし。延喜《えんぎ》の聖《ひじり》の御代《みよ》には、四人《よたり》に勅《みことのり》して古今集《こきんしふ》をえらばしめ、天暦《てんりやく》の賢《かしこ》き帝《みかど》は、五人《いつたり》に仰せて後撰《ごせん》集を集めしめたまへり。そののち、拾遺《しふゐ》、後拾遺《ごしふゐ》、金葉《きんえふ》、詞花《しくわ》、千載《せんざい》などの集は、皆一人《ひとり》これをうけたまはれるゆゑに、聞き漏《も》らし、見及《みおよ》ばざるところもあるべし。よりて、古今、後撰の跡を改めず、五人のともがらを定《さだ》めて、しるし奉《たてまつ》らしむるなり。その上《うへ》、みづから定め、手《て》づからみがけることは、遠くもろこしの文《ふみ》の道《みち》を尋ぬれば、浜千鳥《はまちどり》跡ありといへども、わが国、やまと言《こと》の葉《は》始まりてのち、呉竹《くれたけ》の世々《よよ》にかかるためしなんなかりける。このうち、みづからの歌を載せたること、古きたぐひはあれど、十首には過ぎざるべし。しかるを、今、かれこれえらべるところ、三十首に余れり。これ、皆、人の目立《めた》つべき色もなく、心とどむべきふしもありがたきゆゑに、かへりて、いづれと分《わ》きがたければ、森の朽葉《くちば》数積《かずつも》り、汀《みぎは》の藻屑《もくづ》かき捨てずなりぬることは、道《みち》にふける思ひ深くして、のちのあざけりを顧《かへり》みざるなるべし。

時に元久《げんきう》二年三月二十六日なんしるしをはりぬる。目をいやしみ、耳をたふとぶるあまり、石上《いそのかみ》古き跡を恥《は》づといへども、流れを汲《く》みて源《みなもと》を尋ぬるゆゑに、富《とみ》の緒《を》川《がは》の絶えせぬ道を興《おこ》しつれば、露霜《つゆじも》は改《あらた》まるとも、松吹く風の散《ち》り失《う》せず、春秋《はるあき》はめぐるとも、空行《そらゆ》く月の曇りなくして、この時に逢《あ》へらんものはこれを喜び、この道を仰《あふ》がんものは今をしのばざらめかも。

巻第一　春《はるの》歌《うた》上

春の部の前半。『古今集』にならい、立春の歌から桜の花盛りのころの歌までを収める。

◎立春になった趣を詠《よ》みました歌――藤原良経《ふじわらのよしつね》

み吉野《よしの》は山《やま》もかすみて白雪《しらゆき》のふりにし里《さと》に春《はる》は来《き》にけり　一

吉野は、山までも霞《かす》んで、昨日までの冬には白雪の降り積っていた里、これは、遠い昔、離宮のあった里だが、この里に、春は来たことだ。

吉野（奈良県吉野郡吉野町）に訪れた立春の明るい気分の中に、白雪に覆われていた冬のわびしい眺めと古京の面影が重なり合う。本歌「春立つと言ふばかりにやみ吉野の山も霞《かす》みて今朝は見ゆらん」（拾遺集・春・壬生忠岑《みぶのただみね》）を背景に余情・陰影豊かで、春歌巻頭を飾るにふさわしい。

◎春のはじめの歌――後鳥羽院《ごとばいん》

ほのぼのと春《はる》こそ空《そら》に来《き》にけらし天《あま》の香具山《かぐやま》霞《かすみ》たなびく二

ほんのりと春が空に来ているらしい。今、天の香具山には、あのように霞がたなびいている。

本歌「ひさかたの天の香具山この夕霞《ゆふべ》たなびく春立つらしも」（万葉集・巻十・柿本人麻呂《かきのもとのひとまろ》歌集）。香具山（奈良県橿原《かしはら》市の山）を中心に天地に広がりくる春の気分を壮大に表現している。巻頭の良経の歌とこの歌を並べて集の初めに置くことによって、君臣が相和する理想的な代に編まれた歌集であることを示す。

◎百首《ひやくしゅ》の歌を詠進しました時、春の歌——式子内親王《しょくしないしんのう》

山深《やまふか》み春《はる》とも知《し》らぬ松《まつ》の戸《と》にたえだえかかる雪《ゆき》の玉水《たまみづ》　三

山が深いので春だともわからない庵《いおり》の松の戸に、とぎれとぎれに落ちかかる美しい雪の雫《しずく》よ。

——正治《しょうじ》二年（一二〇〇）、後鳥羽《ごとば》院主催の「初度百首《しょどひやくしゅ》」の作。流麗典雅な調べに繊細《せんさい》な感覚が光る。

◎漢詩を作らせて歌に合せました時に、「水郷《すいきょう》の春望《しゅんぼう》」という題を——源《みなもとの》　通光《みちてる》

三島江《みしまえ》や霜《しも》もまだ干《ひ》ぬ蘆《あし》の葉《は》につのぐむほどの春風《はるかぜ》ぞ吹《ふ》く　二五

三島江では、夜に置いた霜も解けたものの、まだ乾かない蘆の枯葉《かれは》に、芽《め》ぐむかと思われるほどの春風が吹いていることだ。

『新古今集』が一応成立した後の元久《げんきゆう》二年（一二〇五）六月、後鳥羽院の主催した「元久詩歌《げんきゆうしいか》合《あわせ》」での作で、水辺の春の景を詠《よ》む。三島江は大阪府淀川西岸。早春の自然の微妙な動きを繊細にとらえて趣深い。本歌「三島江につのぐみわたる蘆の根のひとよのほどに春めきにけり」（後拾遺集・春上・曾禰好忠《そねのよしただ》）。

◎漢詩を作らせて歌に合せました時に、「水郷の春望」という題を──藤原秀能《ふじわらのひでよし》

夕月夜《ゆふづくよ》潮満《しほみ》ち来《く》らし難波江《なにはえ》の蘆《あし》の若葉《わかば》を越《こ》ゆる白波《しらなみ》

二六

空には夕月がかかっている。今、潮《しお》が満ちてくるらしい。難波江《なにわえ》の蘆の若葉をきらきらと光りながら越えてくる白波よ。

夕月の明るい光のもと、蘆の若葉を、難波江（大阪湾）の潮がひたひたと越えてくる情景が髣髴《ほうふつ》とする。二五番歌と同じく「元久詩歌合」の作。本歌「花ならで折らまほしきは難波江の蘆の若葉に降れる白雪」（後拾遺集・春上・藤原範永《のりなが》）。

◎題知らず――志貴皇子《しきのみこ》

岩《いは》そそく垂水《たるみ》の上《うへ》のさ蕨《わらび》の萌《も》え出《い》づる春《はる》になりにけるかな　三二

岩に激しく流れそそぐ滝のほとりのさ蕨が芽を出す春になったことだ。

春のよろこびの感動を、実景に即して直線的に詠《よ》み、明るく新鮮な一首。原歌は「石走《いはばし》る垂水の上のさ蕨の萌え出づる春になりにけるかも」（万葉集・巻八）。

◎「晩霞《ばんか》（夕方の霞）」という題を詠んだ歌――藤原実定《ふじわらのさねさだ》

なごの海《うみ》の霞《かすみ》の間《ま》よりながむれば入《い》る日《ひ》をあらふ沖《おき》つ白波《しらなみ》　三五

なごの海の霞の間から眺めると、今しも入る日を洗っている沖の白波よ。

層をなして広がっている霞の間から、なごの海（大阪市住吉区の海岸か）に大きく赤く沈む陽《ひ》を、沖の波頭《なみがしら》が洗っているように見える。霞の隙《すき》から見えた壮麗な光景である。

◎廷臣たちが漢詩を作って歌に合せました時に、「水郷《すいきょう》の春望《しゅんぼう》」という題を――後鳥羽院《ごとばいん》

見《み》わたせば山《やま》もとかすむ水無瀬川《みなせがは》夕《ゆふ》べは秋《あき》となに思《おも》ひけん　三六

見わたすと、山の麓《ふもと》が霞んで、そこを水無瀬川が流れている眺めはすばらしい。夕べの眺めは秋がすばらしいと、どうして思ったのであろうか。

「水無瀬川」は大阪府北東部を流れる淀川の支流で、水無瀬には後鳥羽院の離宮があった。『枕草子』の「春は曙。……秋は夕暮」などを念頭に、既存の美意識に異を唱える院の、自由に新しい美を発見しようという気概がうかがえる一首。「元久詩歌合《げんきゅうしいかあわせ》」の作。

◎摂政太政大臣（藤原良経《よしつね》）の家の百首の歌合《うたあわせ》に、「春の曙《あけぼの》」という趣を詠《よ》みました歌
――藤原家隆《いえたか》

霞《かすみ》立《た》つ末《すゑ》の松山《まつやま》ほのぼのと波《なみ》にはなるる横雲《よこぐも》の空《そら》

霞の立っている末《すえ》の松山《まつやま》がほんのりと見え、また、ほんのりと霞んで見える波から横にたなびいている雲が離れていくのが眺められる、曙の空よ。

三七

「末の松山」は宮城県多賀城市の山で歌枕《うたまくら》。本歌は『古今集』一〇九三番歌（一四八頁）。春の夜明け方の縹渺《ひょうびょう》とした眺めの中に、夜を共にした男女の惜別の情を揺曳《ようえい》させる。建久四年（一一九三）の「六百番歌合」では、判者の俊成《としなり》に、霞、波、雲と重なりすぎのようだと評される。

◎守覚法親王《しゅかくほうしんのう》が五十首の歌を詠ませました時に――藤原定家《さだいえ》

春《はる》の夜《よ》の夢《ゆめ》の浮橋《うきはし》とだえして峰《みね》に別《わか》るる横雲《よこぐも》の空《そら》

三八

春の夜の、短くてはかない夢がとぎれて、見ると、今しも、横雲が峰から別れてゆく曙《あけぼの》の空であることよ。

守覚法親王は後白河天皇の第二皇子で、建久九年（一一九八）に催された五十首歌の作。本歌は『古今集』六〇一番歌（一〇二頁）。「夢の浮橋とだえして」の表現には、『源氏物語』夢浮橋巻の幕切れが重なり、「峰に別るる横雲」は、『文選《もんぜん》』「高唐賦《こうとうのふ》」の、楚《そ》の懐王が昼寝の夢の中で契った神女の形見を想起させる。妖艶《ようえん》な一首。

◎守覚法親王の家の五十首の歌に詠んだ歌――藤原定家

四〇
大空《おほぞら》は梅《うめ》のにほひにかすみつつ曇《くも》りも果《は》てぬ春《はる》の夜《よ》の月《つき》

大空は梅の香に霞み続け、その霞の中で曇りきりもしない、春の夜の月よ。

下句は、本歌である『新古今集』五五番歌（一七〇頁）の朧月夜《おぼろづきよ》を連想させて重厚であり、上句の優艶《ゆうえん》な世界を支えている。

◎『白氏文集《はくし》』の嘉陵《かりよう》の春夜《しゆんや》の詩「明《あき》らかならず暗《くら》からず朧々《ろうろう》たる月」という題を詠《よ》みました歌——大江千里《おおえのちさと》

照《て》りもせず曇《くも》りも果《は》てぬ春《はる》の夜《よ》の朧月夜《おぼろづくよ》にしくものぞなき　五五

こうこうと照りもしないし、曇りきってもしまわない春の夜のおぼろに霞む月の美しさに及ぶものはないことだ。

寛平《かんぴよう》六年（八九四）、宇多《うだ》天皇の勅命で漢詩の句を題として詠まれた『句題和歌《くだいわか》』の一首で、『源氏物語』花宴巻に引用されて有名。『白氏文集』は唐の詩人白楽天《はくらくてん》の詩文集。この詩は巻十四所収の「嘉陵夜有レ懐」。

◎祐子内親王《ゆうしないしんのう》（後朱雀《ごすざく》天皇皇女）が、藤壺《ふじつぼ》に住んでおりました時に、女房・殿上人《てんじようびと》など、しかるべき人々が皆、いろいろな話をして、「春と秋の情趣ではどちらに心が引かれるか」などと論争しました折に、人々は多く秋に心を寄せましたので——菅原孝標女《すがわらのたかすえのむすめ》

五六

浅緑《あさみどり》花《はな》もひとつにかすみつつおぼろに見《み》ゆる春《はる》の夜《よ》の月《つき》

空は薄緑色に、花の色も一つになって、一面に霞んでいて、おぼろに見える春の夜の月よ。

『更級《さらしな》日記』に見える一首。春秋の優劣を歌で判定するのは『万葉集』に始まる。春をよしとするこの歌では、桜の花の色もとけこんだ薄緑の霞の空に浮かぶ朧月《おぼろづき》の情趣を幻想的に詠《よ》む。

七六

◎千五百番の歌合《うたあわせ》に、春の歌――宮内卿《くないきょう》

薄《うす》く濃《こ》き野《の》べの緑《みどり》の若草《わかくさ》に跡《あと》まで見《み》ゆる雪《ゆき》のむら消《ぎ》え

ある所は薄くある所は濃い野辺の緑の若草の上に、薄い所は遅く消え、濃い所は早く消えたという跡まで見える雪のまだら消えよ。

後鳥羽院《ごとばいん》が建仁《けんにん》元年（一二〇一）から翌年にかけて主催した「千五百番歌合」の作。『増鏡』第一「おどろの下」では、後鳥羽院が、若い宮内卿の歌才に期待してこの歌合に出詠させ、見事に詠んだ一首だったという。細かい観察に基づいた巧みな作。

◎花の歌として詠《よ》みました歌——西行《さいぎょう》法師

吉野《よしの》山《やま》去年《こぞ》のしをりの道《みち》かへてまだ見《み》ぬかたの花《はな》を尋《たづ》ねん

八六

この吉野山で、去年、枝を折って印をつけておいた道を変えて、まだ見ない方面の花を尋ねよう。

吉野山の桜の花に引かれる心の深さが、くまなく丹念に探って歩いている行動の叙述の中に生かされ、味わい限りない。

◎和歌所《わかどころ》で歌を詠進した時、春の歌として詠んだ歌――寂蓮法師《じやくれんほうし》

葛城《かづらき》や高間《たかま》の桜《さくら》咲《さ》きにけり立田《たつた》の奥《おく》にかかる白雲《しらくも》

八七

葛城《かずらき》の高間山《たかまやま》の桜が咲いたのだな。立田山《たつたやま》の奥にかかっている花の白雲よ。

「高間山」は、大阪・奈良県境にある葛城山の最高峰金剛山《こんごうさん》の別称。立田は奈良県北三郷町と大阪府柏原市の間にある立田山のこと。山桜の遠望と白雲との連想関係は本歌「桜花咲きにけらしなあしひきの山の峡《かひ》より見ゆる白雲」（古今集・春上・紀貫之）と変わらないが、立田越しの高間の桜の具体的で雄大な遠望、上下句の緊張感ある続け方は新歌境である。建仁《けんにん》二年（一二〇二）三月におこなわれた「三体和歌」の催しで、「太く大きに」詠むように求められての一首で、後に『後鳥羽院御口伝《ごとばいんごくでん》』では、「たけ」のある歌を詠もうとしてこの歌を詠んだ寂蓮を「恐ろしかりき」と評する。

新古今集の風景 ①

吉野山《よしのやま》

桜の聖地として知られる奈良の吉野山は、春の女神がふもとから山頂へとかけあがると、下千本《しもせんぼん》、中《なか》千本、上《かみ》千本、奥《おく》千本の順番で開花し、約三万本の桜が全山をうす桃色に織り上げる。『万葉集』では主に雪が詠《よ》まれることが多く、桜が詠まれるようになるのは平安時代。この頃《ころ》日本古来の桜が歌材として好まれたこともあるが、吉野の桜に特別な霊力を感じたようで、天徳四年(九六〇)の内裏《だいり》焼亡の再建の折は、紫宸殿《ししんでん》の「左近《さこん》の桜」として吉野山のものが植えられている。新古今歌人の西行《さいぎょう》に至っては吉野の桜の魔力に魂を抜き取られ、「吉野山こずゑの花を見し日より心は身にもそはずなりにき」(『山家集《さんかしゅう》』)と詠んだ。もともと吉野に自生していた桜が御神木として仰がれるようになったのは、修験道《しゅげんどう》の祖とされる役行者《えんのぎょうじゃ》が「蔵王権現《ざおうごんげん》」を感得した際、桜の木にその姿を刻んだことに始まる。平安時代には生きたままの桜の木を蔵王権現に捧げるべく苗木を植えるようになり、現在の絢爛《けんらん》な桜の山ができあがった。一方で、吉野山は遠く熊野《くまの》へ抜ける大峰山《おおみねさん》の奥駈《おくがけ》修行の入口であり、厳しい修験霊場の一面も持つ。下千本の金峯山寺《きんぷせんじ》の蔵王堂では三体の蔵王権現が忿怒《ふんぬ》の表情で全山に気炎を吐き出し、桜を散らす風にも穏やかならぬものを感じる。源義経《よしつね》と静御前《しずかごぜん》の別れや、南北朝の争乱の悲劇などを見つめてきた吉野の桜は、咲く美しさだけでなく、散る美しさにいっそうの魔性を秘めているのだろう。

巻第二　春《はるの》歌《うた》下

春の部の後半。桜の花の盛りのころの歌から、暮春の歌までを収める。

◎釈阿《しゃくあ》（藤原俊成《ふじわらのとしなり》）のために、和歌所《わかどころ》で九十歳のお祝いをいたしました時、屏風絵《びょうぶえ》の、山に桜の咲いている所を——後鳥羽院《ごとばいん》

桜《さくら》咲《さ》く遠山鳥《とほやまどり》のしだり尾《を》のながながし日《ひ》もあかぬ色《いろ》かな　九九

桜の咲いている遠山の眺めは、長い長い春の一日眺めていていても、見飽きない美しさであることよ。

深く強い感動のこもった作。歌聖柿本人麿《かきのもとのひとまろ》の「あしひきの山鳥の尾のしだり尾のながながし夜をひとりかも寝む」(拾遺集・恋三)を本歌とする高い格調の響きが、一首に悠遠さと豊麗さを生んでいる。大歌人藤原俊成の長寿を祝うに、いかにもふさわしい。

◎千五百番の歌合《うたあわせ》に——藤原俊成女《ふじわらのとしなりのむすめ》

風《かぜ》通《かよ》ふ寝《ね》覚《ざ》めの袖《そで》の花《はな》の香《か》にかをる枕《まくら》の春《はる》の夜《よ》の夢《ゆめ》　一一二

風が庭から吹き通ってきて、ふと目覚めたわたしの袖が、風の運んできた桜の花の香でかおっており、枕もまたその花の香でかおっている、この枕で、今まで見ていた春の夜の美しい夢よ。

短詩形での言葉のはたらきの極限的世界で、風も袖も枕もかおる桜の花の香と春の夜の美しい夢の余情とを融合させ、華麗・豊艶である。「千五百番歌合」(一七二頁参照)の作。

◎摂政太政大臣（藤原良経《よしつね》）の家で、五首の歌を詠《よ》みました時――藤原俊成《としなり》

またや見《み》ん交野《かたの》のみ野《の》の桜狩《さくらがり》花《はな》の雪《ゆき》散《ち》る春《はる》のあけぼの　一一四

また見ることがあろうか。交野の桜狩の、桜の花が雪のように散る、この春の曙《あけぼの》の美しい景色を。

「五首の歌」は、作者めいめいが五首ずつ詠んだ歌。河内国《かわちのくに》の歌枕《うたまくら》、交野の地（大阪府交野《かたの》市から枚方《ひらかた》市にかけての一帯。禁裏御料《きんりごりょう》の狩場《かりば》があった）で花とともに一夜を明かし、曙を迎えて雪のように乱れ散る花の美しさに酔いながら、ふと、自身の余命の短さが脳裏をよぎる。

◎山里に行って詠《よ》みました歌――能因法師《のういん》

山里《やまざと》の春《はる》の夕暮《ゆふぐれ》来《き》てみれば入相《いりあひ》の鐘《かね》に花《はな》ぞ散《ち》りける　一一六

山里の春の夕暮に来て見ると、山寺でつく入相《いりあい》の鐘の音につれ、桜の花がは

らはら散っていることだ。

山里の春の夕暮から山寺の晩鐘の音へ、さらに、はらはらと散る桜の花へと、流れるようなリズムをかなでる語句のつながりの中に、寂しさが広がる。

◎五十首の歌を詠進した、その中で、「湖上の花」を――宮内卿《くないきよう》

一二八

花《はな》さそふ比良《ひら》の山風《やまかぜふ》吹きにけり漕《こ》ぎゆく舟《ふね》の跡《あとみ》見ゆるまで

桜の花を誘って散らす比良の山風が吹いたことだ。湖上一面に花びらが浮かんで、漕いでいく舟の跡がはっきりと見えるくらいまでに。

本歌「世の中を何にたとへむ朝ぼらけ漕ぎゆく舟の跡のしら波」(拾遺集・哀傷・沙弥《しやみ》満誓《まんぜい》)。壮麗さの中に無常の感を響かせる。「比良山」は琵琶湖西岸の山。建仁《けんにん》元年(一二〇一)、後鳥《ごと》羽院《ばいん》主催で仙洞《せんとう》御所にて催された「仙洞五十首」の作。

◎五十首の歌を詠進した、その中で、「関路《せきじ》の花」を――宮内卿

逢坂《あふさか》や梢《こずゑ》の花《はな》を吹《ふ》くからに嵐《あらし》ぞかすむ関《せき》の杉群《すぎむら》　一二九

逢坂山の梢の花を吹くとともに、その嵐がかすんで見える、関の杉の群立《むらだ》ちよ。

「逢坂山」は逢坂の関があった、京都・滋賀県境の山。緑の杉の群立ちを底にして、白い桜の花びらの彩る風が飛動している華麗なさま。これも「仙洞五十首」の作。

◎百首の歌の中に――式子内親王《しよくしないしんのう》

花《はな》は散《ち》りその色《いろ》となくながむればむなしき空《そら》に春雨《はるさめ》ぞ降《ふ》る　一四九

桜の花は散って、何を眺めるというのでもなく、しみじみとした思いで眺めると、何もない空に春雨が降っていることよ。

本歌「暮れがたき夏のひぐらしながむればそのこととなくものぞ悲しき」(伊勢物語・四五段)。色美しかった桜の花の後のむなしい空に降る春雨とともに、やるせない寂しさが無限に広がる。

◎五十首の歌を詠進しました時―― 寂蓮《じゃくれん》法師

暮《く》れてゆく春《はる》のみなとは知《し》らねども霞《かすみ》に落《お》つる宇治《うぢ》の柴舟《しばぶね》　一六九

去っていく春の行き着く港は知らないが、今、霞の中に落ちるように下《くだ》っていく宇治川の柴積み舟、あの行方こそが春の行き着くところなのだろう。

霞の彼方《かなた》に去っていく春の行き着く先を、柴積み舟の流れ下った先に見出《みいだ》す。本歌は『古今集』三一一番歌(六八頁)と崇徳院《すとくいん》の「花は根に鳥は古巣に帰るなり春のとまりを知る人ぞなき」(千載集・春下)。建仁元年(一二〇一)二月、後鳥羽院主催「老若《ろうにゃく》五十首歌合」の作。

◎百首の歌を詠進しました時――藤原良経《よしつね》

明日《あす》よりは志賀《しが》の花園《はなぞの》まれにだにたれかは訪《と》はん春《はる》の故郷《ふるさと》

明日からは、この旧都志賀の桜の花園を、まれにだけでも、誰《だれ》が訪ねてこようか。去っていく春の故郷ともなってしまって。

一七四

「志賀の花園」は、滋賀県大津市の、天智天皇の大津宮のあった所。本歌「花もみな散りぬる宿はゆく春の故郷とこそなりぬべらなれ」(拾遺集・春・紀貫之)。春の部が古京・志賀の暮春を詠む良経の歌でしめくくられているのは、春の部の巻頭に「ふりにし里」(一六二頁一番歌)の吉野の立春を詠《よ》む良経の歌が据えられているのと対応している。「正治初度百首」の歌。

巻第三　夏歌《なつのうた》

夏の歌、四月一日の衣更《ころもが》えの歌から、六月三十日の六月祓《みなづきはらえ》の歌までを収める。

◎題知らず――持統《じとう》天皇

春過《はるす》ぎて夏来《なつき》にけらし白妙《しろたへ》の衣干《ころもほ》すてふ天《あま》の香具山《かぐやま》　一七五

春が過ぎて、もう夏が来たらしい。白い夏衣を干すという天の香具山に。

一　本巻の巻頭歌。『万葉集』の原歌は、第二句「夏来《きた》るらし」、第四句「衣干したり」で、香具山の白い夏衣を目にしての感動に中心があり、調べは雄勁《ゆうけい》。撰集時の訓に基づく『新古今集』のこの歌形では、白い夏衣は想像の景、中心が香具山一帯の夏らしい気分に移り、調べは優雅である。『百人一首』に入る。

一八二

◎斎院《さいいん》におりました時、神館《かんだち》で――式子内親王《しょくしないしんのう》

忘《わす》れめや葵《あふひ》を草《くさ》にひき結《むす》び仮寝《かりね》の野《の》べの露《つゆ》のあけぼの

忘れることがあろうか、とても忘れられないであろう。葵《あおい》を草枕《くさまくら》の草として結んで仮寝をした野辺の、清らかな露を置いたこの曙《あけぼの》の眺めは。

ここの「神館」は、賀茂祭《かもまつり》（葵祭）の前日に潔斎のために籠《こも》る仮屋。賀茂神社の斎院として奉仕中の、清らかで神々しい曙の眺めの感動が、情景一如《いちによ》となって、重厚な調べをなしている。

◎入道前関白（藤原兼実《ふじわらのかねざね》）が右大臣でありました時、百首歌を詠《よ》ませました、その中の「郭公《ほととぎす》」の歌――藤原俊成《としなり》

むかし思《おも》ふ草《くさ》の庵《いほり》の夜《よる》の雨《あめ》に涙《なみだ》な添《そ》へそ山郭公《やまほととぎす》　二〇一

公卿《くぎよう》として宮中に出仕していたころの昔のことを思っているわび住まいの、しみじみと涙をもよおさせる夜の雨に、さらに悲しい声を聞かせて、涙を加えさせてくれるな。山ほととぎすよ。

白楽天《はくらくてん》の詩句「蘭省《らんせい》の花の時の錦帳《きんちやう》の下《もと》、廬《ろ》山《ざん》の雨の夜の草庵《さうあん》の中《うち》（友は尚書省《しようしよしよう》の花の季節に天子の錦帳の下で栄誉ある毎日を過ごしているが、自分は廬山の雨の夜に草庵でわびしく過ごしている）」（白氏《はくし》文集、和漢朗詠集）に拠《よ》る。作者は、安元《あんげん》二年（一一七六）、六十三歳の時、重病で出家した。かつての宮中生活の追懐の心境と、白楽天の詩境とが重なって哀感豊かである。治承《じしよう》二年（一一七八）七月、「右大臣百首」の作。

◎五首の歌を人々に詠ませました時、夏の歌として詠みました歌――藤原良経《よしつね》

うちしめりあやめぞかをる時鳥《ほととぎす》鳴《な》くや五月《さつき》の雨《あめ》の夕暮《ゆふぐれ》　二三〇

しっとりとしてあやめがかおっていることだ。ほととぎすの鳴く五月雨《さみだれ》の夕暮よ。

―本歌は『古今集』四六九番歌（九二頁）。本歌をきかせながら、空のほととぎすの声と眼前の五月雨の夕闇《ゆうやみ》とを背景にして、軒のあやめの香を引き立てている。

◎百首の歌を詠進しました時――藤原忠良《ただよし》

あふち咲《さ》く外面《そとも》の木陰《こかげ》露《つゆ》落《お》ちて五月雨《さみだれ》晴《は》るる風《かぜ》わたるなり　二三四

梅檀《せんだん》の花の咲く戸外の木陰に露が落ち、五月雨が晴れるのを告げる風の、吹き渡っている音がする。

―「老若五十首歌合」の作で、詞書《ことばがき》に「百首」とあるのは誤り。樗《おうち》（梅檀）の花も、木陰にしたたる露も、五月雨の晴れていく明るい風とともに生動していてすがすがしい。

◎題知らず——藤原俊成《としなり》

たれかまた花橘《はなたちばな》に思《おも》ひ出《い》でんわれも昔《むかし》の人《ひと》となりなば　二三八

ほかに誰《だれ》が、花橘の香《か》で思い出してくれるであろうか。わたしもまた、死んで昔の人となってしまったなら。

本歌は『古今集』一三九番歌（四七頁）。「たれかまた」に、おそらく自分を思い出してくれる人はないだろう、という気持をこめている。深い哀感が流露する。

◎百首の歌を詠進しました時、夏の歌——式子内親王《しょくしないしんのう》

かへり来《こ》ぬ昔《むかし》を今《いま》と思《おも》ひ寝《ね》の夢《ゆめ》の枕《まくら》ににほふ橘《たちばな》　二四〇

帰ってこない懐かしい昔を今のことにする方法があったらよいなあ、と思いながら寝て見た夢の枕もとに、におっている橘よ。

本歌「いにしへのしづのをだまきくりかへし昔を今になすよしもがな」（伊勢物語・三二段）。夢で昔に戻ったと思って目覚めると、『古今集』一三九番歌（四七頁）以来、昔親しかった人や懐かしい昔を思い出させるものとされる橘の香が枕元に漂っている。哀艶《あいえん》な余韻をもつ一首。

◎摂政太政大臣（藤原良経《よしつね》）家の百首の歌合《うたあわせ》に、鵜川《うかわ》を詠《よ》みました歌――慈円《じえん》　二五一

鵜《う》飼舟《かひぶね》あはれとぞ見るもののふの八十宇治川《やそうぢがは》の夕闇《ゆふやみ》の空《そら》

篝火《かがりび》をたいている鵜飼舟をしみじみあわれなものと見ることだ。宇治川《うじがわ》の夕闇の空の下で。

本歌は本集雑中（二八〇頁一六五〇番歌）に入集する『万葉集』巻三の人麿《ひとまろ》詠。魚を捕り殺生することを生業《なりわい》とする鵜飼いに対する「あはれ」さと、篝火を赤々と燃やす鵜飼舟の、夏の景物としての情趣が交錯する。本歌の無常の世界を背景として幽玄。

◎百首の歌を詠進しました時――藤原良経《よしつね》

いさり火《び》の昔《むかし》の光《ひかり》ほの見《み》えて蘆屋《あしや》の里《さと》に飛《と》ぶ蛍《ほたる》かな

二五五

漁火《いさりび》の、あの昔のままの懐かしい光が遠くほのかに見えて、この蘆屋の里に、漁火と見まごう火をともして、今も飛んでいる蛍であることよ。

本歌「晴るる夜の星か河べの蛍かもわがすむかたのあまのたく火か」（伊勢物語・八七段）。蘆屋の里（兵庫県芦屋市）に飛ぶ蛍が、遠くの漁火と重ねて作者にほのかに思い起こさせた「昔の光」は、遠い『伊勢物語』の世界の男の心と一つになった、作者の懐旧の心の光でもある。

◎題知らず――西行《さいぎよう》法師

道《みち》のべに清水《しみづ》流《なが》るる柳陰《やなぎかげ》しばしとてこそ立《た》ちどまりつれ　二六二

道のほとりに清水の流れている柳の木陰よ。しばらく休もうと思って立ち止まったのであったが、あまり涼しいので、つい時を過ごしてしまったことだ。

――上句の清涼な光景が、下句の詠嘆を余情深くしている。後世、下野国《しもつけのくに》、今の栃木県那須《なす》町の柳がこの柳とされ、能「遊行柳《ゆぎようやなぎ》」にとりあげられ、芭蕉《ばしよう》も『おくのほそ道』の旅で見ている。

◎題知らず――西行法師

よられつる野《の》もせの草《くさ》のかげろひて涼《すず》しく曇《くも》る夕立《ゆふだち》の空《そら》　二六三

暑さで萎《しお》れよじれていた野一面の草が陰《かげ》ってきて、涼しく曇ってきた。夕立のくる空だ。

はげしい日差しに照りつけられ、萎れていた野一面の草が、夕立で生気を取り戻そうとしている。生動感のあふれる歌。

◎「雲遠望《えんぼう》を隔つ」といった趣を詠《よ》みました歌―― 源 俊頼《みなもとのとしより》

十市《とをち》には夕立《ゆふだち》すらしひさかたの天《あま》の香《か》具《ぐ》山《やま》雲《くも》隠《がく》れゆく　二六六

十市《とおち》の里には、今、夕立がしているらしい。天の香具山がみるみるうちに雲に隠れていく。

題意を、香具山が十市の里（奈良県橿原《かしはら》市十市町）辺りの夕立の雲で隠れていく情景で表し、その情景を万葉風の力強い具体的詠みぶりで、生き生きと描いている。

◎「夏の月」を詠《よ》んだ歌——源頼政《よりまさ》

庭《には》の面《おも》はまだかわかぬに夕立《ゆふだち》の空《そら》さりげなく澄《す》める月《つき》かな　二六七

庭の面はまだ乾かないのに、夕立を降らせた空は、そのような様子もなく澄み、また、同じように澄んでいる月であることよ。

題を夕立直後の月で詠んでいるが、夕立の晴れた庭先の情景と、空の様子の鋭い観察によって、涼しい顔をして澄んでいる月を鮮やかに描く。「さりげなく」の語の巧みさが生きている。

巻第四　秋歌上《あきのうた》

四季の中では秋の歌がもっとも多い。その前半として、立秋から中秋までの歌を収める。

◎題知らず——大伴家持《おおとものやかもち》

神南備《かんなび》の三室《みむろ》の山《やま》の葛《くず》かづら裏吹《うらふ》き返《かへ》す秋《あき》は来《き》にけり

二八五

神南備の三室の山の葛の葉を、風が吹き裏返す秋は来たことだ。

一　神域「神南備の三室の山」に、まず立秋を告げる風が、その山の葛の葉を白々と吹き裏返し始めた。古調の中に幽玄味を感じさせる、新古今時代の歌人たちの好んだ歌境である。「神南備の三室の山」は本来普通名詞だが、当時は大和国《やまとのくに》の歌枕《うたまくら》、立田山の辺りと考えられていた。本巻の巻頭歌。

◎百首の歌に「初秋」の趣を――藤原季通《ふじわらのすえみち》

この寝《ね》ぬる夜《よ》のまに秋《あき》は来《き》にけらし朝《あさ》けの風《かぜ》の昨日《きのふ》にも似《に》ぬ　二八七

この寝た一夜の間に、秋は来たらしい。夜明けがたの風が、夏であった昨日の風とはうって変わって感じられることだ。

久安《きゆうあん》六年（一一五〇）、崇徳院《すとくいん》が主催した「久安百首」の作。本歌「秋立ちて幾日《いくか》もあらねどこの寝ぬる朝けの風は袂《たもと》涼しも」（拾遺集・秋・安貴王《あきのおおきみ》、万葉集・巻八・第二句「幾日もあらねば」）が立秋後の夜明けの風の涼しさについての驚きであるのに対し、これは、立秋の日の夜明けに感触で発見した風の変化への驚き。

◎題知らず――西行《さいぎょう》法師

あはれいかに草葉《くさば》の露《つゆ》のこぼるらん秋風《あきかぜ》立《た》ちぬ宮城野《みやぎの》の原《はら》　三〇〇

ああ、どのようにしげく草葉の露がこぼれていることであろうか。秋風が吹き始めた。今ごろ、あの宮城野の原では。

眼前の秋風から、遠く宮城野の原の露を想像した。「宮城野」は仙台市宮城野区の辺りで、『古今集』東歌にも「みさぶらひ御傘《みかさ》と申せ宮城野の木《こ》の下露《したつゆ》は雨にまされり」などと歌われた。

◎崇徳院《すとくいん》に百首の歌を詠進した時――藤原清輔《きよすけ》

薄霧《うすぎり》の籬《まがき》の花《はな》の朝《あさ》じめり秋《あき》は夕《ゆふ》べとたれかいひけん　三四〇

薄霧の漂う籬に咲いている花が朝露でしっとりとしているすばらしさよ。秋は夕暮が趣深いとは、誰《だれ》が言ったのだろうか。

「久安百首《きゅうあん》」の作。「籬」は、柴や竹を粗く編んで作った垣根。「秋は夕べとたれかいひけん」は、『枕草子』一段の「秋は夕暮」を踏まえるか。秋の夕暮の趣を否定するわけではなく、上句に詠《よ》まれた美を発見した驚きからの、おのずからの表白である。

◎題知らず――寂蓮法師《じゃくれん》

寂《さび》しさはその色《いろ》としもなかりけり槇立《まきた》つ山《やま》の秋《あき》の夕暮《ゆふぐれ》

三六一

この寂しさは、特にその色がそうだというのでないことだ。槇の立っている山の、秋の夕暮よ。

「槇」は、常緑の杉や檜《ひのき》の類。「槇立つ山の秋の夕暮」の、色を超えた寂しさを詠んだ作。三句切れの詠嘆の厳しさが、体言止めの下句の景観の重さと深く響き合い、直観の生きた幽玄な歌境にした。続く三六二・三六三番歌とともに、「三夕《さんせき》の歌」として名高い。

◎題知らず――西行《さいぎょう》法師

心《こころ》なき身《み》にもあはれは知《し》られけり鴫立《しぎた》つ沢《さは》の秋《あき》の夕暮《ゆふぐれ》　三六二

ものの情趣を感じる心のないこの身にも、しみじみとした情趣はおのずから知られることだ。鴫の飛び立つ沢の、秋の夕暮れよ。

「心なき身」は謙辞だが、そのような身であっても深く感動したという上句が、「鴫立つ沢の秋の夕暮」の景観を、重く迫るものとした。

◎西行法師が、すすめて、百首の歌を詠《よ》ませました時に――藤原定家《さだいえ》

見《み》わたせば花《はな》も紅葉《もみぢ》もなかりけり浦《うら》の苫屋《とまや》の秋《あき》の夕暮《ゆふぐれ》 三六三

見渡すと、色美しい花も紅葉もないことだ。浦の苫屋のあたりの秋の夕暮よ。

『源氏物語』明石《あかし》巻に「はるばると物のとどこほりなき海づらなるに、なかなか春秋の花紅葉の盛りなるよりは、ただそこはかとなう茂れる蔭《かげ》どもなまめかしきに……」と描かれた明石の浦をそれとなく思わせる。「苫屋」は、菅《すげ》や茅《かや》で葺《ふ》いた、海人《あま》の住む小家。

◎千五百番の歌合《うたあわせ》に――源　通具《みなもとのみちとも》

深草《ふかくさ》の里《さと》の月影寂《つきかげさび》しさも住《す》み来《こ》しままの野《の》べの秋風《あきかぜ》 三七四

深草の里の月の光よ。その光も、その寂しさも、住んできた昔のままだし、

深草の野辺の秋風も、その寂しさもまた、住んできた昔のままであることだ。

本歌「年を経て住みこし里を出でていなばいとど深草野とやなりなむ」（古今集・雑下・在原業平、伊勢物語・一二三段）を詠《よ》んだ深草の里（京都市伏見区）の男が、里を出てから時を経て、再び里を訪ねての懐旧という趣。「千五百番歌合」の作。

◎和歌所《わかどころ》の歌合《うたあわせ》に、「湖辺《こへん》の月（湖水のほとりで見る月）」という題を――藤原家隆《いえたか》　三八九

鳰《にほ》の海《うみ》や月《つき》の光《ひかり》のうつろへば波《なみ》の花《はな》にも秋《あき》は見《み》えけり

鳰《にお》の海（琵琶湖《びわこ》）よ。秋の色に変わった月の光が映るので、秋がないといわれる波の花にも、秋の色は見えることだ。

本歌は『古今集』二五〇番歌（六四頁）。本歌の趣向を巧みにきかせながら、本歌に異を唱える。月の光の変化とそれが映った波のきらめきの色とで、秋を感覚的に生かし、幽玄な歌境にして

いる。

◎八月十五夜、和歌所《わかどころ》の歌合《うたあわせ》に「月前《げつぜん》の松風《しょうふう》」という題を――　鴨長明《かものちょうめい》

ながむれば千々《ちぢ》にもの思《おも》ふ月《つき》にまたわが身《み》ひとつの峰《みね》の松風《まつかぜ》　三九七

しみじみと見入っていると、さまざまに物思いをするもととなる月に加えて、さらにまた、わたしの身だけに吹いて、物思いをいっそう深くさせる峰の松風よ。

本歌は『古今集』一九三番歌（五五頁）。本歌の心を上句に圧縮し、下句に本歌にはなかった松風を詠《よ》んで抒情《じょじょう》を新しくしたところが巧み。本歌の「わが身ひとつ」の語も生きている。建仁《けんにん》元年（一二〇一）八月十五夜に後鳥羽院《ごとばいん》が主催した歌合《うたあわせ》の作。

◎八月十五夜、和歌所《わかどころ》の歌合《うたあわせ》に、「海辺《かいへん》の秋月《しゅうげつ》」という題を——宜秋門院丹後《ぎしゅうもんいんのたんご》

忘《わす》れじな難波《なには》の秋《あき》の夜半《よは》の空《そら》こと浦《うら》に澄《す》む月《つき》は見《み》るとも　四〇〇

忘れまいよ。この、難波江《なにわえ》の秋の夜中の月のかかっている空を。たとえこののち、ほかの浦に澄むどんな美しい月を見ようとも。

三九七番歌と同じ歌合の作。難波江は大阪市の海辺の古称。空全体の美しさからの感動を、倒置法によって強く表白している。

◎崇徳院《すとくいん》に百首の歌を詠進しました時に——藤原顕輔《あきすけ》

秋風《あきかぜ》にたなびく雲《くも》の絶《た》え間《ま》より漏《も》れ出《い》づる月《つき》の影《かげ》のさやけさ　四一三

秋風でたなびいている雲の切れ目から、漏れ出る月の光のさやかなことよ。

――望月ではなく、雲間から漏れた月光の明るさを賞する。「久安百首」の作。『百人一首』に入る。

◎秋の歌の中に――後鳥羽院《ごとばいん》

秋《あき》の露《つゆ》や袂《たもと》にいたく結《むす》ぶらん長《なが》き夜《よ》あかず宿《やど》る月《つき》かな　四三三

秋の露が、わたしの袂にひどく結んでいるのであろうか。長い夜を、いつまでも飽きることなく袂に宿っている月よ。

――本歌「鈴虫の声のかぎりを尽くしても長き夜あかずふる涙かな」（源氏物語・桐壺巻・靫負命婦《ゆげいのみようぶ》）とそれをめぐる『源氏物語』の世界に通じるような哀艶《あいえん》な一首。作者はいわば物思いに居明かす桐壺《きりつぼ》帝の身になって、秋の夜長に月を眺めつつ、われ知らず涙を流している。そして、袂に月の光が宿っていることに気づき、自らがひどく涙を流していたことにも気づいたのである。

◎五十首の歌を詠進しました時――藤原雅経《まさつね》

はらひかねさこそは露《つゆ》のしげからめ宿《やど》るか月《つき》の袖《そで》のせばきに　四三六

払いきれなくて、どんなに露がしげく置いてあるからといっても、よくまあ月の光が宿ることよ。身分の低い、このわたしの袖に。

本巻の巻軸歌（末尾にある歌）。句切れや倒置法を駆使し、緊迫した声調で深切にうたい上げる。本歌「抜き乱る人こそあるらし白玉の間《ま》なくも散るか袖のせばきに」（古今集・雑上、伊勢物語・八七段）。「袖のせばき」に身分の低さに対する嘆きがある。

巻第五　秋歌下《あきのうた》

秋の部の後半として、鹿《しか》の妻恋《つまご》いの鳴き声を詠《よ》む歌から秋の終わりの歌までを収める。

◎和歌所《わかどころ》で、廷臣たちが歌を詠みました時に、「夕べの鹿」という題を――藤原家隆《ふじわらのいえたか》

下紅葉《したもみぢ》かつ散《ち》る山《やま》の夕時雨《ゆふしぐれ》濡《ぬ》れてやひとり鹿《しか》の鳴《な》くらん　四三七

下葉の紅葉が散ってはは時雨の降りそそぐ山の夕べに、時雨に濡れて、鹿が、ひとり鳴いているのであろうか。

「しぐれつつかつ散る山のもみぢ葉をいかに吹く夜《よ》のあらしなるらむ」（金葉《きんよう》集・冬・藤原顕季《あきすえ》）をふまえた上句の、山の夕時雨《ゆうしぐれ》に下紅葉の散る情景は幽艶《ゆうえん》、下句の妻恋いの鹿がひとり鳴く姿は悲愁を呼ぶ。二つの想像が、洗練された声調の中で深く融合した絶妙な歌境。後鳥羽院《ごとばいん》の意向により、本集成立直前に本巻の巻頭歌とされた。

◎題知らず――西行法師《さいぎょうほうし》

小《を》山田《やまだ》の庵近《いほちか》く鳴《な》く鹿《しか》の音《ね》におどろかされておどろかすかな　四四八

山田の庵《いおり》近くで鳴く鹿の声に目を覚まされ、あわてて、鳴子《なるこ》を鳴らすなどして、その鹿を驚かすことよ。

「おどろく」には「目を覚ます」と「驚く」の意がある。その語義の違いを巧みにはたらかせ、田守《たもり》の生活をユーモラスに詠んでいる。抒情《じょじょう》の型を破り、生活実感を生かした異色の作。

◎題知らず――俊恵《しゅんえ》法師

立田《たつた》山《やま》梢《こずゑ》まばらになるままに深《ふか》くも鹿《しか》のそよぐなるかな　四五一

立田山の木々の梢《こずえ》の落ち散ってまばらになるにつれて、鹿はしだいに山深く落葉をそよそよと踏み鳴らして分け入っていくよ。

山が落葉するのに従って山深くに生活圏を変える鹿を詠《よ》む平明な歌だが、梢はまばらでもはやそよそよと音も立てないのに対し、鹿の歩みを「そよぐ」と表現したところは巧緻《こうち》である。

◎題知らず――西行法師

きりぎりす夜《よ》寒《さむ》に秋《あき》のなるままに弱《よわ》るか声《こゑ》の遠《とほ》ざかりゆく　四七二

こおろぎは、秋が夜寒になるにつれて、身が弱るのか、声が次第に遠くかすかになっていくことだ。

「堀河百首《ほりかわひゃくしゅ》」の隆源《りゅうげん》の歌「秋深くなりゆくままに虫の音《ね》の聞けば夜《よ》ごとに弱るなるかな」をふまえながら、深まる秋の夜寒に衰えるこおろぎの声に耳を傾け、寂寥《せきりょう》に澄み入る。

◎「擣衣《とうい》」の趣を――藤原雅経《まさつね》

み吉野《よしの》の山《やま》の秋風《あきかぜ》さ夜更《よふ》けて故郷《ふるさと》寒《さむ》く衣《ころも》打つなり

吉野の山に吹く秋風がすぐに夜更けを感じさせ、古京《こきょう》には、寒々と衣を打つ音が聞える。

四八三

「擣衣」は砧《きぬた》で衣を打って艶《つや》を出したり柔らかくしたりすること。本歌「みよしのの山の白雪つもるらし故里《ふるさと》さむくなりまさるなり」(古今集・冬・坂上是則《さかのうえのこれのり》)の趣をふまえ、古京の秋の夜寒のわびしさを、山の秋風の音と里の砧の音との交響による流麗な音楽的声調で歌い上げる。『百人一首』に入る。

◎五十首の歌を詠進しました時――寂蓮法師《じやくれん》

村雨《むらさめ》の露《つゆ》もまだ干《ひ》ぬ槙《まき》の葉《は》に霧立《きりた》ちのぼる秋《あき》の夕暮《ゆふぐれ》　四九一

村雨の露もまだ乾いていない槙の葉に、早くも霧が立ちのぼる秋の夕暮よ。

「老若五十首」の作。「槙」は杉・檜《ひのき》類などの類。通り過ぎた村雨、葉に置く露に下から立ちのぼる霧。深山の雨後の夕景色を生き生きと切りとる。『百人一首』に入る。

◎五十首の歌を詠進しました時、「月前雁《げつぜんかり》を聞く」という題を――慈円《じえん》

大江《おほえ》山《やま》かたぶく月《つき》の影《かげ》冴《さ》えて鳥羽田《とばだ》の面《おも》に落《お》つるかりがね　五〇三

大江《おおえ》山《やま》の方角に沈みかかった月の光が冴えて、今しも鳥羽田の面におりる雁の声がしきりであることよ。

「大江山」は京都市西京区大枝にある山。「鳥羽田」は鳥羽（京都市伏見区）の田。冴え冴えと光る月光の中、連なって下りる雁を、「落つるかりがね」と表現したところに深い哀感がにじみ出る。「仙洞《せんとう》五十首」の作。

◎五十首の歌を詠進しました時、「菊籬《きくり》の月（菊咲く籬《まがき》にさす月）」といった趣を――宮内卿《くないきよう》

霜《しも》を待《ま》つ籬《まがき》の菊《きく》の宵《よひ》の間《ま》に置《お》きまよふ色《いろ》は山《やま》の端《は》の月《つき》　五〇七

霜を待っている籬の菊の、宵《よい》の間に霜が置いたのかと見誤られる色は、山の端の月の光なのだ。

花の盛りを過ぎ、霜による色の移ろいを待っている風情の菊に、月光が霜を思わせてさしているという、妖艶《ようえん》な歌境。「仙洞五十首」の作。

◎百首の歌を詠進しました時——藤原良経《よしつね》

きりぎりす鳴《な》くや霜夜《しもよ》のさ筵《むしろ》に衣《ころも》片敷《かたし》きひとりかも寝《ね》ん　五一八

こおろぎの鳴く、霜の降る夜の寒い筵に、衣の片袖《かたそで》を敷いて、独《ひと》り寝《ね》をすることであろうか。

本歌「さ筵に衣片敷きこよひもや我《われ》を待つらむ宇治《うぢ》の橋姫《はしひめ》」（古今集・恋四・読人知らず）、「あしひきの山鳥《やまどり》の尾《を》のしだり尾の長々《ながなが》し夜をひとりかも寝む」（拾遺集・恋三・柿本人麿）。本歌の恋の心を揺曳《ようえい》させながら、哀艶な格調高い作風となっている。『百人一首』に入る。

◎百首の歌を詠進しました時、秋の歌——式子内親王《しょくしないしんのう》

桐《きり》の葉《は》も踏《ふ》み分《わ》けがたくなりにけりかならず人《ひと》を待《ま》つとなけれど　五三四

桐の落葉も、踏み分けにくいほどに深く積ってしまったことだ。きっと来るに違いないと思って、人を待っているというのではないのだけれど。

桐の葉をとらえたのは白楽天《はくらくてん》の詩句「秋の庭は掃《はら》はずして藤杖《とうぢやう》を携へ、閑《しづ》かに梧桐《ごとう》の黄葉を踏んで行く」（白氏《はくし》文集、和漢朗詠集）に拠《よ》り、発想の原形は本歌「わが宿は道もなきまで荒れにけりつれなき人を待つとせし間《ま》に」（古今集・恋五・遍昭《へんじょう》）にある。桐の落葉が道を埋めた情景と、思いの機微との交感に、孤独な作者の心が深々と生き、香気がある。

巻第六　冬歌《ふゆのうた》

立冬の歌から大晦日《おおみそか》の歌までを収める。『古今集』では夏の歌より冬の歌の方が少ないのに対し、『新古今集』では逆に、冬の歌の方が多い。秋の歌が多いのと合わせて、『新古今集』の特色のひとつをなしている。

◎千五百番の歌合《うたあわせ》に「初冬」の趣を詠《よ》んだ歌――藤原俊成《ふじわらのとしなり》

おき明《あか》す秋《あき》の別《わか》れの袖《そで》の露霜《つゆしも》こそ結《むす》べ冬《ふゆ》や来《き》ぬらん

五五一

秋との別れを惜しんで、起きたまま夜を明かすわたしの袖に置く露が、霜を結ぶことだ。冬が来てしまったのであろうか。

「初冬」とあるが「立冬」の趣。秋との別れを惜しんでいるうちに立冬の朝を迎えたのを、袖に置いた夜露と涙が霜となったのを見た驚きで詠んだ。「千五百番歌合」の作。本巻の巻頭歌。

◎春日の社の歌合に、「落葉」という題を詠進しました歌――祝部成茂《はふりべのなりもち》

冬《ふゆ》の来《き》て山《やま》もあらはに木《こ》の葉《は》降《ふ》り残《のこ》る松《まつ》さへ峰《みね》に寂《さび》しき

五六五

冬が来て、山も地肌《じはだ》がはっきりと見えるまでに木の葉が散り、散らないで残っている松までも、峰に寂しく見えることだ。

全山紅葉が散りつくし、地肌もあらわな山に残る峰の松に見た寂しさである。簡素な表現に実感が生き、枯淡な画趣がある。『源家長《いえなが》日記』によると、後鳥羽院が賞して御教書《みぎょうしょ》を賜った一首。

◎題知らず――西行《さいぎよう》法師

秋篠《あきしの》や外山《とやま》の里《さと》やしぐるらん生駒《いこま》の嶽《たけ》に雲《くも》のかかれる

五八五

秋篠の山裾《やますそ》の里はしぐれているのであろうか。生駒の岳《たけ》に雲がかかっていることだ。

秋篠は奈良市秋篠町の辺り。生駒の岳は奈良県生駒市と東大阪市の境にある生駒山。発想の原形は「堀河百首」の「神無月《かみなづき》夕間の山に雲かかる麓《ふもと》の里や時雨《しぐれ》降るらむ」(時雨・源顕仲《あきなか》)に見えるが、実感が新鮮に生きている。『宮河歌合《みやがわうたあわせ》』にも自選した一首。

◎題知らず――俊恵《しゆんえ》法師

み吉野《よしの》の山《やま》かき曇《くも》り雪降《ゆきふ》れば麓《ふもと》の里《さと》はうちしぐれつつ

五八八

吉野の山が一面に曇って雪が降ると、麓の里は、しきりに時雨《しぐれ》が降ることだ。

吉野山に降る雪と里に降る時雨との立体的把握による初冬の自然の姿が、幽玄味を生んでいる。『無名抄《むみようしよう》』によると、俊恵の自讃《じさん》歌。

◎千五百番の歌合《うたあわせ》に、冬の歌——二条院讃岐《にじよういんのさぬき》

世《よ》に経《ふ》るは苦《くる》しきものを槙《まき》の屋《や》にやすくも過《す》ぐる初時雨《はつしぐれ》かな　五九〇

世に生きていることは苦しいものであるのに、槙の屋になんの苦しみもなく、さらさらと降り過ぎる初時雨であることよ。

「槙の屋」は、杉や檜《ひのき》の板で屋根を葺《ふ》いた家。「世に経る」の「ふる」には「降る」意が掛かり、時雨の縁語。世に生きる重苦しさと初時雨の軽やかさとの対照が感味を生んでいる。

◎題知らず――藤原清輔《きよすけ》

冬枯《ふゆが》れの杜《もり》の朽葉《くちば》の霜《しも》の上《うへ》に落《お》ちたる月《つき》の影《かげ》の寒《さむ》けさ　六〇七

冬枯れの森の朽葉に置いた霜の上にさしている月光の、寒々としていることよ。

私家集『清輔集』では、「森間《しんかん》の寒月」という題による一首。対象への凝視の深さと描写の的確さによって題の感を生かしている。清輔の書写した『古今集』一八四番歌（五三頁）は「おちたる月の」とあり、下句への影響も考えられる。

◎題知らず――大伴家持《おおとものやかもち》

鵲《かささぎ》の渡《わた》せる橋《はし》に置《お》く霜《しも》の白《しろ》きを見《み》れば夜《よ》ぞ更《ふ》けにける　六二〇

天《あま》の川《がわ》に鵲がかけた橋に置いた霜の、白々としているのを見ると、もはや夜も更けたことだなあ。

七夕《たなばた》の夜、鵲が翼を並べて天の川に橋を架け、織女を渡すという伝説に拠《よ》りつつ、霜をきざした夜空の白々と冴《さ》える天の川を幻想的に詠《よ》む。『百人一首』に入る。

◎題知らず――西行《さいぎょう》法師

津《つ》の国《くに》の難波《なには》の春《はる》は夢《ゆめ》なれや蘆《あし》の枯葉《かれは》に風渡《かぜわた》るなり

六二五

摂津国《せっつのくに》の難波《なにわ》の浦の美しかった春は夢であったのか。今はただ、蘆の枯葉に、風が寂しい音をたてて吹き渡っているのが聞える。

本歌「心あらむ人に見せばや津の国の難波わたりの春のけしきを」（後拾遺集・春上・能因《のういん》法師）。冬の難波の浦（大阪市の海岸）に立ち、蘆の枯葉を蕭条《しょうじょう》と吹き渡る風の中で、能因も称《たた》えた美しかった春を、夢か幻かと思い浮かべている。おのずから無常の感がこもり、幽玄である。

◎題知らず――西行法師

寂《さび》しさにたへたる人《ひと》のまたもあれな庵《いほり》ならべん冬《ふゆ》の山里《やまざと》　六二七

わたしのように寂しさに耐えている人がほかにもいるといいなあ。いたら、その人と草庵《そうあん》を並べて住もう。この冬の山里で。

『古今集』三一五番歌（七一頁）に詠《よ》まれるように、冬の山里は寂しさが募るもの。寂しさに耐えながらも、同じ心の友を求めるのは、寂しさに耐えきれない心の矛盾ともいえるが、それこそ寂しさに耐える人間の真実であろう。

◎百首の歌の中に――式子内親王《しょくしないしんのう》

見《み》るままに冬《ふゆ》は来《き》にけり鴨《かも》のゐる入江《いりえ》の汀《みぎは》薄凍《うすごほ》りつつ　六三八

見ているうちに冬は来たことだ。鴨の浮かんでいる入江の水際が薄く凍ってきて。

入江の水際がみるみる薄氷を広げていく動きに冬を感じた驚きを、さわやかな抒情《じょじょう》で詠《よ》んだ作。入江に浮かぶ鴨の羽色が彩りを添える。「正治初度百首」（一六四頁参照）の作。

◎摂政太政大臣（藤原良経《よしつね》）の家の歌合《うたあわせ》に、「湖上の冬月《とうげつ》」――藤原家隆《いえたか》

志賀《しが》の浦《うら》や遠《とほ》ざかりゆく波間《なみま》より凍《こほ》りて出《い》づる有明《ありあけ》の月《つき》　六三九

志賀の浦の岸辺から凍り、沖の方へ遠ざかっていく波の間から、凍りついた

ような冷たい光を放って出てくる有明の月よ。

本歌「さ夜《よ》更くるままにみぎはや凍るらむ遠ざかりゆく志賀の浦波」（後拾遺集・冬・快覚）の世界を巧みに圧縮し、凄艶《せいえん》な有明月を配した。「志賀の浦」は大津市辺りの琵琶湖畔《びわこはん》。

六七一

◎百首の歌を詠進しました時――藤原定家《さだいえ》

駒《こま》とめて袖《そで》うちはらふ陰《かげ》もなし佐野《さの》のわたりの雪《ゆき》の夕暮《ゆふぐれ》

馬をとめて、雪の降りかかった袖を払う物陰もない。佐野のあたりの雪の夕暮よ。

本歌「苦しくも降り来る雨か三輪《みわ》の崎狭野《さきさの》の渡りに家もあらなくに」（万葉集・巻三・長忌寸奥麿《ながのいみきおきまろ》）の雨を雪に変え、馬を配し、時を夕暮としての作。優雅な声調による縹渺《ひょうびょう》とした画趣である。「佐野のわたり」は、『万葉集』では紀伊国、今の和歌山県新宮市の木《き》ノ川《かわ》の沿岸だが、中世では大和国（奈良県）と考えられていた。「正治初度百首」の作。

◎題知らず――山部赤人《やまべのあかひと》

田子《たご》の浦《うら》にうち出《い》でて見《み》れば白妙《しろたへ》の富士《ふじ》の高嶺《たかね》に雪《ゆき》は降《ふ》りつつ　六七五

田子の浦に出て眺めると、真っ白な富士の高嶺に、雪は降り続けているよ。

田子の浦は静岡市清水区の海岸。原歌は『万葉集』巻三、下句「真白にぞ富士の高嶺に雪は降りける」。景観鮮明な原歌と比べ、撰集時の訓に基づく『新古今集』のこの歌形では、幻想的な富士の高嶺の景となる。『百人一首』に入る。

◎題知らず――慈円《じえん》

庭《には》の雪《ゆき》にわが跡《あと》つけて出《い》でつるを訪《と》はれにけりと人《ひと》や見《み》るらん　六七九

庭の雪に、わたしが足跡をつけて出かけたのであるのに、誰《だれ》かに訪れられたのだと、人は見ているのであろうか。

庭の雪を共に楽しみたい友の訪れはなかった。その雪の自分の足跡を、人は、訪れた友のものと見ているのかという、皮肉の中に孤独の哀感が漂う。

◎年の暮《くれ》に詠《よ》みました歌――藤原俊成女《としなりのむすめ》

隔《へだ》てゆく世々《よよ》の面影《おもかげ》かきくらし雪《ゆき》とふりぬる年《とし》の暮《くれ》かな　六九三

遠ざかっていく年々の、目に浮かぶさまざまなことが、今、空一面を暗くして降っている雪のようにおぼろに薄れて、古くなってしまった年の暮であることよ。

「ふり」に「降り」と「古り」が掛かる。年の暮に胸中に去来する遠ざかる過去の面影と、空を暗くして降る雪との交錯が、哀感を呼ぶ。

◎千五百番の歌合《うたあわせ》に――藤原俊成《としなり》

今日《けふ》ごとに今日《けふ》や限《かぎ》りと惜《を》しめどもまたも今年《ことし》にあひにけるかな　七〇六

年々の大晦日《おおみそか》の今日ごとに、今日が最後の大晦日であろうかと惜しんできたが、また、まあ、今年の大晦日の今日にあったことよ。

作者八十八歳の作。自在な言葉運びの中から、文字どおり明日をも知れない老境の命をかみしめている、大晦日の感慨がにじみ出ている。本巻の巻軸歌である。

巻第七　賀歌《がのうた》

祝意を表す歌を収める。

七〇七

◎貢物《みつぎもの》を許されて国の富んでいるのをご覧になって――仁徳《にんとく》天皇

高《たか》き屋《や》に登《のぼ》りて見《み》れば煙立《けぶりた》つ民《たみ》のかまどはにぎはひにけり

高殿《たかどの》に登って見ると、炊煙《すいえん》がさかんに立っている。民の竈《かまど》はにぎやかになったことだ。

本巻巻頭の歌。仁徳天皇が民の貧困を心配し三年間課役を免じたので、民の生活が立ち直ったことは『日本書紀』などに見える。民生の安定をうたいあげたこの歌が「賀の歌」の巻頭に据えられたのは、和歌を政治とのかかわりで重要視した後鳥羽院《ごとばいん》の意志が反映したものといえる。

七一九

◎文治《ぶんじ》六年（一一九〇）、女御《にょうご》（藤原任子《ふじわらのにんし》）入内《じゅだい》の屏風《びょうぶ》に――藤原俊成《としなり》

仙人《やまびと》の折《お》る袖《そで》にほふ菊《きく》の露《つゆ》うちはらふにも千代《ちよ》は経《へ》ぬべし

仙人が菊の花を手折《たお》る袖にこぼれて薫《かお》る菊の露を、うち払うちょっとの間にも、千年は過ぎてしまうことであろう。

藤原兼実《かねざね》の娘任子が後鳥羽天皇女御として入内する時の屏風絵の歌。同じ屏風絵の諸作によると、絵には山路の菊に人を配してあったらしい。その絵から本歌「濡《ぬ》れてほす山路《やまぢ》の菊のつゆのまにいつか千年《ちとせ》を我《われ》は経にけむ」（古今集・秋下・素性《そせい》法師）の世界を連想し、仙宮を訪れた人の心境を仙人を眺める心境に変え、菊の露の香気を生かして仙境のめでたさにした。

◎建久《けんきゅう》九年（一一九八）大嘗会主基《だいじょうえすき》の屏風《びょうぶ》に、六月《みなづき》、「松井《まつい》」——藤原資実《すけざね》

常磐《ときは》なる松井《まつゐ》の水《みづ》をむすぶ手《て》の雫《しづく》ごとにぞ千代《ちよ》は見《み》えける

七五六

常緑の松にちなんだ名を持つ松井の水をすくう手の雫《しずく》ごとに、わが君の千代の御栄《みさか》えが見えることだ。

土御門《つちみかど》天皇の大嘗会（天皇が即位後初めて行う新嘗会《しんじょうえ》）の主基（東方の祭場である悠紀《ゆき》方の国に次いで新穀を奉る西方の祭場）を描いた屏風の絵の山「松井」の「松」から常磐の松を、「井」から本歌（古今集・四〇四番歌、八一頁）によって「むすぶ手の雫」を連想し、手から光りつつしたたる無数の雫に「千代」の数の多さを見る。賀の歌のしめくくりの位置に大嘗会が据えられているところに、時代変動の厳しさという背景がほの見える。

巻第八　哀《あい》傷《しょうの》歌《うた》

『万葉集』の挽歌《ばんか》に相当し、人の死を悲しみ嘆く歌を収める。

◎題知らず――遍昭《へんじょう》

末《すゑ》の露《つゆ》もとの雫《しづく》や世《よ》の中《なか》の後《おく》れ先立《さきだ》つためしなるらん　七五七

草木の葉末《はずえ》に宿る露と根元の雫《しずく》は、世の中の人に後《おく》れたり先立って死んだりする、無常の例《ためし》なのだろうか。

無常の真理を、自然を鏡として確かめている。この歌が巻頭に据《す》えられたのは、さまざまな悲しみの歌への導入としてふさわしいと考えられたからであろう。

◎母が亡くなってしまった秋、野分《のわき》の吹き荒れた日に、母のもと住んでいましたところに行きまして——藤原定家《ふじわらのさだいえ》

七八八

玉《たま》ゆらの露《つゆ》も涙《なみだ》もとどまらずなき人恋《ひとこ》ふる宿《やど》の秋風《あきかぜ》

ほんのしばらくの間でさえ、草木の露も、わたしの涙も、とどまらず乱れてこぼれる。亡き母を恋い慕う宿を吹く秋風で。

『新撰朗詠集《しんせんろうえいしゅう》』の源為憲《みなもとのためのり》の漢詩句「故郷に母あり、秋風の涙。旅館に人なし、暮雨《ぼう》の魂」に拠《よ》る。定家の母で俊成《としなり》の妻美福門院加賀《びふくもんいんかが》は、建久《けんきゅう》四年（一一九三）二月十三日に京都市五条の邸で没した。庭の草木の露の玉と、作者の涙の玉とが、きらきらとゆらぎながら乱れこぼれる感を生かした上句と、亡き母を慕って泣く声を断続させる秋風を生かした下句との交響が、典拠詩句の感をも添えて、悲愁を無限に広がらせている。

◎定家朝臣《さだいえのあそん》の母が亡くなってのち、秋のころ、法性寺《ほっしょうじ》にあるその墓の近くの堂に泊まって詠《よ》みました歌――藤原俊成《としなり》

七九六

まれに来《く》る夜半《よは》も悲《かな》しき松風《まつかぜ》を絶《た》えずや苔《こけ》の下《した》に聞《き》くらん

わたしがまれに来て泊まる夜でも悲しい思いで聞く松風の音を、亡き人は、絶えず墓の下で聞いていることであろうか。

前歌の七八八番歌では子の定家が、この歌では夫の俊成が美福門院加賀の死を悼《いた》む。亡き妻の魂が地下にある思いで、悲しい松風の音に耳を澄ませるのは、愛ゆえの深い悲愁である。

◎十月ごろ、水無瀬《みなせ》にいましたころ、前大僧正慈円《じえん》のもとへ、歌で、「濡れて時雨《しぐれ》の」などと申し贈って、次の年の十月に、無常の歌をたくさん詠んで贈りました中に――後鳥羽院《ごとばいん》

思《おも》ひ出《い》づる折《を》り焚《た》く柴《しば》の夕煙《ゆふけぶり》むせぶもうれし忘《わす》れがたみに　八〇一

亡き人を思い出す折、折って焚《た》く柴《しば》の夕煙にむせぶことも、あの人の火葬の煙が思い出されてうれしい。その夕煙が忘れがたいあの人の形見と思うと。

元久元年《げんきゆう》（一二〇四）十月、後鳥羽院の愛した更衣尾張《こういおわり》が亡くなった。詞書《ことばがき》の「濡れて時雨の」は、その悲しみを歌った院の歌「何とまた忘れて過ぐる袖《そで》の上に濡れて時雨の驚かすらん」。「水無瀬」は大阪府三島郡島本町にあった後鳥羽院の水無瀬離宮。「夕煙むせぶもうれし」という逆説的だが真実を衝《つ》く表現から、亡き更衣への切々とした思慕の情感が広がる。

◎「無常」の趣を――慈円《じえん》

昨日《きのふ》見し人《ひと》はいかにと驚《おどろ》けどなほ長《なが》き夜《よ》の夢《ゆめ》にぞありける　八三三

昨日逢《あ》った人が、どうしてこのようにはかなく死んでしまったのかと、はっと驚くのだけれど、そうしてみると、自分もやはり、「無明長夜の夢」といわれるような、長い生死《しょうじ》の迷いの中にいるわけなのだ。

――自己凝視の重みが響く一首。

◎題知らず――小野小町《おののこまち》

あるはなくなきは数添《かずそ》ふ世《よ》の中《なか》にあはれいづれの日《ひ》まで嘆《なげ》かん　八五〇

生きている人は亡くなり、亡くなった人は数が増していく世の中に、ああ、命のはかなさを、わたしもいつの日まで嘆くことであろうか。

――人がつぎつぎに死んでいく世の無常を悲しんでいるうちに、ふと、その無常の迫っているわが身を顧みた感慨で、哀切である。

巻第九　離別歌《りべつのうた》

別れの情を詠《よ》んだ歌で、遠く旅立つ人、送る側の惜別《せきべつ》の歌などを収める。離別歌は、旅の一般化もあり、漢詩の餞別《せんべつ》の影響もあって多く詠まれていた。王朝盛時より衰微する傾向にある。本巻でも王朝歌人の詠が中心となっている。

◎陸奥国《みちのくに》に下った人に、装束を贈るというので、それに添えて詠みました歌――紀貫之《きのつらゆき》

たまぼこの道《みち》の山風《やまかぜ》寒《さむ》からば形見《かたみ》がてらに着《き》なんとぞ思《おも》ふ　八五七

道中の山風が寒かったならば、わたしを思い出す形見かたがた、着てもらい

たいと思います。

本巻の巻頭歌。寒い国に旅立つ人への思いやりに加え、せめてそういう時にでも思い出してほしいという願いをこめたところに妙味がある。巻軸歌（八九五番）と〝形見の衣〟を詠んで呼応する。

◎成尋《じょうじん》法師が入唐（入宋）しましたときに、母の詠《よ》みました歌——成尋法師の母

もろこしも天《あめ》の下《した》にぞありと聞《き》く照《て》る日《ひ》の本《もと》を忘《わす》れざらなん　八七一

唐土《もろこし》も、同じ天の下にあるのだと聞いています。ですから、天に照る日の本である日本を忘れないでいてください。

藤原佐理《ふじわらのすけまさ》の子成尋法師は延久《えんきゅう》四年（一〇七二）三月、宋に入った。入宋を「入唐」というのは当時の慣用。わが子の無事の帰国を願う母の思いを超えた広がりがある。

◎陸奥国《みちのくに》へ下った人に餞別《せんべつ》をしましたときに——西行法師《さいぎょうほうし》

君《きみ》いなば月待《つきま》つとてもながめやらん東《あづま》の方《かた》の夕暮《ゆふぐれ》の空《そら》　八八五

君が下っていかれたなら、出る月を待つにつけても、しみじみと眺めましょう。東国の方角の夕暮の空を。

東国の奥にあたる陸奥の人を思うよすがとして、東の空にのぼる月は、方角のうえでも、深い思いを呼ぶうえでも、絶好であろう。心の温かさが流露している。

◎よその国へ下った人に、狩衣《かりぎぬ》を贈るというので詠《よ》んだ歌——藤原顕綱《あきつな》

色深《いろふか》く染《そ》めたる旅《たび》のかりごろもかへらんまでの形見《かたみ》とも見《み》よ　八九五

心を深くこめ、色濃く染めてある旅の狩衣です。都に帰られるまでの、その

ころは色もあせるでしょうが、私の形見とも思って見てください。

――心を深くこめた狩衣の濃い色が褪《あ》せるところまで、というところに、常に身につけてほしいという情味がこもる。本巻の巻軸歌。

巻第十　羇《き》旅歌《りよのうた》

旅の歌を収める。『古今集』以降は歌数も少なく、軽視されていたが、『千載集《せんざいしゅう》』で再び重視されはじめ、この『新古今集』でも重視されている。

◎和銅《わどう》三年（七一〇）三月、藤原《ふじわら》の宮《みや》から奈良《なら》の宮にお移りになった時――元明《げんめい》天皇

飛《と》ぶ鳥《とり》の明日香《あすか》の里《さと》を置《お》きて往《い》なば君《きみ》があたりは見《み》えずかもあらん　八九六

明日香の里を置いて離れていったならば、いとしいあなたの住んでおられる辺りは見えなくなることであろうか。

和銅三年三月、藤原京より平城京に遷都《せんと》した折の詠。本巻の巻頭歌で、治天《ちてん》の君の御幸《みゆき》という点で、巻軸歌と呼応する。原歌は『万葉集』巻一の同一歌。親しい人の住む旧都をあとにする感懐が、簡勁《かんけい》な声調に響き出ている。

◎守覚法親王《しゆかくほつしんのう》の家で五十首の歌を詠《よ》ませました時に、旅の歌――藤原俊成《ふじわらのとしなり》　九三三

立《た》ち帰《かへ》りまたも来《き》て見《み》ん松島《まつしま》や雄島《をじま》の苫屋《とまや》波《なみ》に荒《あ》らすな

波が立ち返るように、わたしも立ち戻って再び来て見よう。この松島の雄島《おじま》の苫屋を、波で荒れさせるなよ。

松島の雄島は宮城県の松島湾内の島。『源氏物語』明石《あかし》巻で、明石の女君が光源氏に返した「年経《へ》つる苫屋も荒れてうき波の返る方《かた》にや身をたぐへまし」などを念頭に置きつつ、一夜を宿ったわびしい苫屋への愛惜をこめて、別れ際に海士《あま》に言い贈った体《てい》の一首。しみじみとした情趣がある。

◎五十首の歌を詠進しました時――藤原家隆《いえたか》

明《あ》けばまた越《こ》ゆべき山《やま》の峰《みね》なれや空《そら》ゆく月《つき》の末《すゑ》の白雲《しらくも》　九三九

夜が明けたら、また越えていかなければならない山の峰であることか。空を渡る月の傾いていくかなた、遠くの白雲のかかっているところは。

空ゆく月と一つになった思いで、末の白雲に、明日の山越えを想像した。漂泊の旅情無限な趣。「老若《ろうにやく》五十首歌合」の作。

◎旅の歌として詠《よ》んだ歌――藤原定家《さだいえ》

旅人《たびびと》の袖吹《そでふ》きかへす秋風《あきかぜ》に夕日《ゆふひ》寂《さび》しき山《やま》の掛橋《かけはし》　九五三

旅人の袖を吹き返している秋風の中で、夕日が寂しくさしている山の掛橋よ。

――秋風で袖を翻しながら山の桟道《さんどう》を渡る孤独な旅人の姿を、夕日の色が浮き彫りにしている。

◎旅の歌として詠《よ》んだ歌――藤原家隆《いえたか》

故郷《ふるさと》に聞《き》きし嵐《あらし》の声《こゑ》も似《に》ず忘《わす》れね人《ひと》をさやの中山《なかやま》　九五四

故郷で聞いた嵐の音までも似ていない。忘れてしまえよ、故郷の人を。この佐夜《さや》の中山で。

――佐夜の中山（静岡県掛川市にある峠で、旧東海道の難所）での旅寝のわびしさを詠んだ作。激しい抒情《じよじよう》。

◎東国のほうへ下《くだ》りました時に、詠みました歌――西行《さいぎよう》法師

九八七
年《とし》たけてまた越《こ》ゆべしと思《おも》ひきや命《いのち》なりけりさやの中山《なかやま》

年老いて再び越えるだろうと思ったろうか、思いはしなかった。命があったからなのだ。佐夜《さや》の中山よ。

老いて再び佐夜の中山を越えた感動を、命をいまさらのように思う感動で深め、雄勁《ゆうけい》な声調で歌いあげている。六十九歳でおこなった、陸奥《みちのく》への東大寺大仏再建勧進《かんじん》の旅の途次での詠か。

◎旅の歌として——西行法師

九八八
思《おも》ひ置《お》く人《ひと》の心《こころ》にしたはれて露分《つゆわ》くる袖《そで》のかへりぬるかな

思いを残してきている人が心に恋しく思われて、野の露を分けていく旅衣《たびごろも》の袖は、露と涙で色あせてしまったよ。

野の露を分ける秋の旅情。故郷に引かれる心を示すかのように、旅衣の袖が「かへる（色褪《あ》せる）」様子を詠む。

◎熊野《くまの》に参詣《さんけい》しました時に、「旅」の趣を――後鳥羽院《ごとばいん》

九八九

見《み》るままに山風荒《やまかぜあら》くしぐるめり都《みやこ》も今《いま》は夜寒《よさむ》なるらん

見ているうちに、山風が荒くなって、しぐれてくるようだ。都も、今は、夜寒になっているのであろう。

本巻巻軸の歌。たびたび熊野に参詣した後鳥羽院が、実体験を率直にうたった作。西行の二首を受けて、この作で羇旅《きりよ》の部を結んだところに、後鳥羽院の和歌観の一端がうかがわれる。

巻第十一　恋歌《こいのうた》一

『古今集』にならい、恋の部に五巻を当て、恋愛の心理的過程に合せて配列する。本巻には主として、人を恋いはじめたころの焦燥感にひとり燃え揺らぐ歌を収める。

◎題知らず――読人《よみひと》知らず

よそにのみ見《み》てややみなん葛城《かづらき》や高間《たかま》の山《やま》の峰《みね》の白雲《しらくも》　九九〇

かかわりあいのないものとして見るだけで終わってしまうことであろうか。葛城《かずらき》の高間の山の峰にかかっている白雲を。

「高間の山」は大和国の歌枕《うたまくら》で、大阪・奈良県境の葛城連山の最高峰金剛山《こんごうさん》。その高い峰にかかっている白雲に、心引かれながら手の届かない高貴な女性の面影を偲《しの》ばせる。

◎題知らず――藤原兼輔《ふじわらのかねすけ》

みかの原《はら》わきて流《なが》るるいづみ川《がは》いつ見《み》きとてか恋《こひ》しかるらん　九九六

甕《かめ》から湧《わ》き出すように甕《みか》の原《はら》から湧《わ》き、その原を分けて流れる泉川《いずみがわ》の名の「いつみ」ではないが、いつ見たというので、あの人がこのように恋しいのであろうか。

ほんの少し見ただけなのに、いつしかあの人が恋しくてたまらなくなった。甕の原（山城国《やましろのくに》の歌枕で、京都府木津川市の地）に湧《わ》いて流れる泉川（木津川）の情景が、恋しい人を見て思いがあふれてくるさまと、清らかな女性の面影に重なりあい、美しい音楽を奏でているかのような一首。『百人一首』に入る。

◎百首の歌を詠進しました時、詠《よ》んだ歌——慈円《じえん》

わが恋《こひ》は松《まつ》を時雨《しぐれ》の染《そ》めかねて真葛《まくず》が原《はら》に風《かぜ》さわぐなり　一〇三〇

わたしの恋は、松を時雨が紅葉させることができないでいるように、思う人をなびかせることができず、葛生える原に、葛の葉の裏を白々と見せながら風が騒いでいるように、恨みの気持で心は激しく騒ぎ乱れている。

「松を時雨の染めかねて」は、相手が振り向かずじれったい恋情を暗示し、それが「真葛が原に風さわぐ」によって風が葛の葉の裏を見せる、すなわち「恨み」の暗示を自然にし、妖艶《ようえん》な趣を生んでいる。正治《しょうじ》二年（一二〇〇）後鳥羽院《ごとばいん》主催の「初度百首」（一六四頁参照）の作。

◎水無瀬《みなせ》で、殿上人《てんじょうびと》たちが「久しき恋」ということを詠みました時に——後鳥羽院

思《おも》ひつつ経《へ》にける年《とし》のかひやなきただあらましの夕暮《ゆふぐれ》の空《そら》　一〇三一

あの人を思いながら過ごしてきた長い年月も、そのかいはないのだろうか。ただひたすら逢《あ》えるといいなと思うばかりで逢うあてもない夕暮の空よ。

詞書《ことばがき》では、あたかもたくさんの殿上人と詠んでいるかのごとくだが、実際は建仁二年（一二〇二）六月に後鳥羽院の離宮水無瀬殿《みなせどの》で定家《さだいえ》と二人で歌合《うたあわせ》をしたもの。「思ひつつ経にける年をしるべにて馴《な》れぬるものは心なりけり」（後撰集・恋六・読人知らず）の本歌によって、夕暮どき、恋しい人の訪れを期待しつつも来ないことを考えてしまう、せつない恋を詠む。

◎百首の歌の中に、「忍ぶる恋」を――式子内親王《しょくしないしんのう》

玉《たま》の緒《を》よ絶《た》えなば絶《た》えねながらへば忍《しの》ぶることの弱《よわ》りもぞする　一〇三四

わたしの命よ。絶えてしまうというなら絶えてしまっておくれ。生き長らえていたならば、秘めている力が弱って、秘めきれなくなるかもしれない。

恋情の激しさに秘めきれなくなりそうで、必死に耐えているとうたう。上句の切迫した調べと、不安に苛《さいな》まれる心情を詠む下句の対照が、哀切さを極める。『百人一首』に入る。

◎百首の歌の中に、「忍ぶる恋」を——式子内親王

忘《わす》れてはうち嘆《なげ》かるる夕《ゆふ》べかなわれのみ知《し》りて過《す》ぐる月日《つきひ》を　一〇三五

ついに忘れては、嘆かれる夕暮であることよ。わたしだけが知ることとして忍んで過ぎてきた月日を。

本歌「人知れぬ思ひのみこそわびしけれわが嘆きをば我《われ》のみぞ知る」(古今集・恋二・紀貫之《きのつらゆき》)。心に秘めて恋い続ける思いの深さを詠《よ》む。上句と下句が緊密に照応し、抒情《じよじよう》を哀艶《あいえん》にする。

◎題知らず――伊勢《いせ》

難波《なには》潟《がた》短《みじか》き蘆《あし》のふしの間《ま》も逢《あ》はでこの世《よ》を過《す》ぐしてよとや

一〇四九

難波《なにわ》潟《がた》の短い蘆の節《ふし》と節との間のような、ごく短い間《ま》も逢《あ》わないでこの世を過ごせよとあなたは言われるのですか。

一瞬の間でも逢《あ》いたいのに逢ってくれない恨みを詠《よ》んだ作。おおらかで、しだいに高まる声調の中に激情が満ちて、余韻の哀切な音楽になっている。難波潟は摂津国の歌枕で、大阪市の海辺。蘆の名所により、一首を蘆に縁のある言葉（節《よ》）でまとめている。『百人一首』に入る。

◎題知らず――曾禰好忠《そねのよしただ》

由良《ゆら》の門《と》を渡《わた》る舟人《ふなびと》梶《かぢ》を絶《た》えゆくへも知《し》らぬ恋《こひ》の道《みち》かな

一〇七一

由良の門を渡る舟の船頭が、梶《かじ》を失い、潮路《しおじ》にどう流されるのかわからないで漂っているように、どうなるかわからない、わたしの恋の道であることよ。

激しい恋の行方の不安を第三句までの序詞《じょことば》で高め、新鮮・優雅にうたいあげている。「由良の門」は和歌山県日高郡の由良湾とも、京都府宮津市の由良川河口とも。地名の「ゆら」がゆらぎの音感に通じる効果も見逃せない。『百人一首』に入る。

新古今集の風景 ②

水無瀬《みなせ》神宮

「水無瀬」とはふだん水がなく、雨の降ったときにようやく流れを見せる川のことを指す一般名詞。しかし日本文学で水無瀬といえば、後鳥羽院《ごとばいん》が現在の大阪府三島郡島本町に営んだ水無瀬離宮をさす。王朝文化の振興に努めた後鳥羽院はこの地に風情をこらした離宮を造営し、歌合《うたあわせ》や蹴鞠《けまり》に興じた。『増鏡《ますかがみ》』いわく「春秋の花もみぢにつけても、御心ゆくかぎり世をひびかして、遊びをのみぞし給ふ。所がらも、はるばると川にのぞめる眺望、いとおもしろくなむ」。

水無瀬川はいまも晴れた日は水の無い瀬ではあるが、京都の南郊を走る桂川《かつらがわ》、宇治《うじ》川、木津《きづ》川が合流する「淀」に近く地下水に恵まれ、水無瀬神宮に湧き出る「離宮の水」（写真）は良質の天然水として知られている。この水郷《すいごう》のおもむきを愛でた後鳥羽院は「見わたせば山もとかすむ水無瀬川夕べは秋となに思ひけん」（一六七頁）と讃《たた》えるが、王朝の夢を政治世界にも復活させるべく、鎌倉幕府執権北《ほう》条義時《じょうよしとき》の追討を企てて承久《じょうきゅう》三年（一二二一）に挙兵、しかしわずか一か月で敗北し、院ははるか西に浮かぶ隠岐《おき》に流された。「水無瀬殿おぼし出《い》づるも夢のやうになむ」（増鏡）と水無瀬を思い続けた院だが、再び訪れることなく隠岐の地に没する。「我《わ》が後生《ごしやう》をも返す返す弔うべし」と記した院の置文によって、離宮跡に御影堂《みえいどう》を建立したのが水無瀬神宮の始まり。哀れな末期《まつご》であるが、配流後も『新古今集』の改訂を続けた後鳥羽院は、最後まで歌の王者だった。

巻第十二　恋歌《こいのうた》二

一人心に秘めて人を恋い続ける思いの苦しさを詠《よ》んだ歌を収める。

◎五十首の歌を詠進しました時に、「雲に寄する恋（雲に託して詠む恋）」——藤原俊成女《ふじわらのとしなりのむすめ》

下燃《したも》えに思《おも》ひ消《き》えなん煙《けぶり》だに跡《あと》なき雲《くも》の果《は》てぞ悲《かな》しき　一〇八一

心の中でひそかに思いこがれながら死んでしまうであろう、その火葬の煙でさえも跡をとどめず雲にまぎれてしまう、わが恋の終わりは悲しいことだ。

心に秘める苦しみに命も耐えきれなくなったなかで、知られずじまいになる恋の悲しみを詠んだ作。「煙だに跡なき雲の果て」が、はかなさの哀感を深める。建仁《けんにん》元年（一二〇一）「仙洞《せんとう》句題五十首」の作で、後鳥羽院《ごとばいん》の命でこの巻頭に据えられた。

◎水無瀬《みなせ》の恋の十五首の歌合《うたあわせ》に、「夏の恋」を——藤原良経《よしつね》

草深《くさふか》き夏野《なつの》分《わ》けゆくさ牡鹿《をしか》の音《ね》をこそたてね露《つゆ》ぞこぼるる　一一〇一

ひそかに妻を求めて草深い夏の野を分けて行く牡鹿《おじか》が、声をたてはしないが、露がこぼれて、それと知られるように、心に秘めて人を恋い慕うわたしも、声に出して泣きはしないが、恋の苦しさに、つい涙がこぼれることだ。

鹿が妻を求めて鳴くのは秋であり、夏草を分けてゆく鹿は声を立てないもの。本歌「夏野行く小鹿《をしか》の角《つの》の束《つか》の間《ま》も妹《いも》が心を忘れて思へや」（万葉集・巻四・柿本人麻呂《かきのもとのひとまろ》）を背景に、そんな夏の鹿の様子で秘めきれない恋情を象徴している。「水無瀬殿《みなせどの》恋十五首」の作。

◎雨の降る日、女に詠《よ》み贈った歌――藤原俊成《としなり》

思《おも》ひあまりそなたの空《そら》をながむれば霞《かすみ》を分《わ》けて春雨《はるさめ》ぞ降《ふ》る　一二〇七

恋しい思いに耐えかねて、あなたのいる方角の空を見入っていると、霞を分けて春雨が降ることです。

下句の、霞を分けるようにして降る細かい春雨の描写に、上句の、耐えがたい恋情の深さがしっとりしみこむようで、幽艶《ゆうえん》。

◎水無瀬《みなせ》の恋の十五首の歌合《うたあわせ》に、「春の恋」の趣を――藤原俊成女《としなりのむすめ》

面影《おもかげ》のかすめる月《つき》ぞ宿《やど》りける春《はる》や昔《むかし》の袖《そで》の涙《なみだ》に　一二三六

あの人の面影がおぼろに霞《かす》んで見える月が宿ったことだ。春は昔のままの春

ではないのか、昔のままの春なのに、と思って泣き濡《ぬ》れるわたしの袖《そで》の涙に。

「春や昔」と、本歌(『古今集』七四七番歌、一二〇頁)の句を入れ込み、その歌を詠んだ業平《なりひら》の身になっての一首。業平がモデルの「昔男《むかしおとこ》」を主人公とした『伊勢《いせ》物語』は、新古今歌人たちがもっとも好んで歌の題材とし、本歌とした王朝物語。「水無瀬殿恋十五首」の作。

◎家で百首の歌合《うたあわせ》をしました時に、「祈る恋」といった趣を――藤原良経《よしつね》

幾夜《いくよ》われ波《なみ》にしをれて貴舟川袖《きふねがはそで》に玉散《たまち》るもの思《おも》ふらん　一一四一

いったいわたしは幾夜、涙に濡れ弱りながら貴船川《きふねがわ》を上《のぼ》ってきては恋の成就を貴船明神に祈り、その祈りむなしく袖に涙の玉の散るような、そして魂もさまよい出てしまいそうな物思いをしていることであろうか。

――和泉式部《いずみしきぶ》が男に忘れられたころ、貴船明神(京都市左京区鞍馬貴船町にある貴船神社)に参り、

御手洗川《みたらしがわ》に飛ぶ蛍《ほたる》を見て詠《よ》んだ「もの思へば沢の蛍も我が身よりあくがれ出づる魂《たま》かとぞ見る」に対して、貴船明神が返歌した「奥山にたぎりて落つる滝《たき》つ瀬《せ》の玉散るばかりものな思ひそ」（後拾遺集・神祇《じんぎ》）を本歌とし、狂おしいまでの恋の思いに突き動かされるさまを詠む。「六百番歌合」の作。

◎同じ歌合に、「祈る恋」といった趣を――藤原定家《さだいえ》

年《とし》も経《へ》ぬ祈《いの》る契《ちぎ》りは初瀬《はつせ》山尾《やまを》の上《へ》の鐘《かね》のよその夕暮《ゆふぐれ》　一一四二

祈り続けて年も経ってしまった。恋の成就を祈ったがその甲斐《かい》もない。初瀬山の尾上《おのえ》で響く鐘が告げるのは、ほかの恋人たちの逢《あ》う夕暮よ。

祈りもむなしい恋の嘆きにいる時、ほかの恋人たちの逢う夕暮を告げる鐘が、初瀬山の峰（奈良県桜井市初瀬《はせ》の長谷寺《はせでら》）から聞える。見事に圧縮した表現で、妖艶の幽趣がある。「六百番歌合」の作。

◎題知らず――西行《さいぎよう》法師

思《おも》ひ知《し》る人《ひと》ありあけの世《よ》なりせばつきせず身《み》をば恨《うら》みざらまし　一二四八

わたしの恋心がわかってくれる人がいる世であったならば、この有明の月に尽きることなくわが身のつたなさを恨むこともないであろうに。

恋二の巻軸にふさわしい、片思いの一首。もともと月に寄せる恋の歌として詠《よ》まれたので、「人ありあけ」「つきせず」と、月にちなんだ掛詞《かけことば》を詠み込む。その技巧の中に、人間心理の真実を巧みに詠み、哀感をにじませている。

巻第十三 恋《こいの》歌《うた》三

恋人と契りを結んだころの歌から、逢瀬《おうせ》を待つ苦しみの歌、後朝《きぬぎぬ》の別れの歌、逢えない嘆きや恨みの歌などを配し、恋の複雑微妙になっていく過程を基調としている。

◎中関白《なかのかんぱく》（藤原道隆《ふじわらのみちたか》）が通いはじめたころ——儀同三司《ぎどうさんし》（道隆の第二子伊周《これちか》）の母

一一四九

忘《わす》れじのゆく末《すゑ》まではかたければ今日《けふ》を限《かぎ》りの命《いのち》ともがな

忘れまいとおっしゃる、その将来までは頼みにすることはむずかしいことだから、逢《あ》うことのできた今日限りの命であってほしいものだ。

人間の心の移ろいやすさを知るゆえに、恋が成就した今日、死んでしまえたら、どんなに幸福であろうという。逢えた喜びと同時にわき起こる前途への危惧《きぐ》が、哀艶で切迫した調べを生む。恋三の巻頭歌。『百人一首』に入る。

◎題知らず――和泉式部《いずみしきぶ》

枕《まくら》だに知《し》らねばいはじ見《み》しままに君語《きみかた》るなよ春《はる》の夜《よ》の夢《ゆめ》　一一六〇

枕さえも知らないのですから、言いますまい。見たままに、あなた、人にお語りなさいますなよ。この春の夜の夢のような、このわたしたちの束《つか》の間《ま》の逢瀬を。

『新古今集』で前に置かれる伊勢《いせ》の「夢とても人に語るな知るといへば手枕ならぬ枕だにせず」をふまえる。枕が恋を知っているという発想は『古今集』六七六番歌（一一一頁）による。厳しく口止めすることで、夢のような、春の夜の束の間の逢瀬の甘美さが一層際立つ。

◎題知らず——小侍従《こじじゆう》

待《ま》つ宵《よひ》に更《ふ》けゆく鐘《かね》の声聞《こゑき》けばあかぬ別《わか》れの鳥《とり》はものかは

通ってくるいとしい人を待つ宵《よい》に、夜の更けていく時を告げる鐘の声を聞くと、満足せずに別れる夜明けを告げる鶏の声はものの数とも思われません。

「待つ宵」に「あかぬ別れ」、「更けゆく鐘の声」に夜明けを告げる「鳥」の声を対比させ、「待つ宵」の更けていくつらさを強調する。実際の詠歌事情はわからないが、覚一《かくいち》本『平家物語』巻五・月見では、「ある時御所で、待つ宵と帰る朝と、どちらが哀れさはまさるか」と御尋ねがあって詠《よ》んだという。小侍従はこの歌で、「待宵《まつよい》の小侍従」と称された。

一一九一

◎「風に寄する恋（風に託して詠む恋）」——宮内卿《くないきよう》

聞《き》くやいかにうはの空《そら》なる風《かぜ》だにも松《まつ》に音《おと》するならひありとは　一一九九

お聞きですか、どうですか。上の空を吹くあてにならない風でさえも、「待つ」という名の松に訪れて音をたてるならわしがあるということは。

あてにならない恋人をむなしく待つ身であることを松風に寄せて詠《よ》む。呼びかけの初句「うはの空」に、吹く風、松と続く詞《ことば》づかい、こめられている心情の深さが古来賞賛されている。

◎恋の歌として詠んだ歌――藤原定家《さだいえ》

一二〇六

帰《かへ》るさのものとや人《ひと》のながむらむ待《ま》つ夜《よ》ながらの有明《ありあけ》の月《つき》

今ごろは、誰《だれ》かを訪ねて帰る際のものとして、あの人は眺めているのだろうか。わたしがその人をずっと待ち続けたままで、嘆きながら見入っているこの有明の月を。

自分を裏切ってよその女の家で夜を明かした男を想像し、その後朝《きぬぎぬ》の別れのころの有明の月を恨めしく見入っている女の心での作。

巻第十四　恋《こいの》歌《うた》四

逢《あ》えない苦しみを訴える歌、相手の薄情を恨む歌、忘れられていく身を嘆く歌など、恋の終《しゅう》焉《えん》に向かう流れにほぼ添うように配されている。

◎藤原《ふじわらの》経房卿《つねふさきょう》の家の歌合《うたあわせ》に、「久しき恋」を——二条院讃岐《にじょういんのさぬき》

跡絶《あとた》えて浅茅《あさぢ》が末《すゑ》になりにけり頼《たの》めし宿《やど》の庭《には》の白露《しらつゆ》　一二八六

人の訪れがまったく絶えて、「浅茅《あさじ》が末」と詠《よ》まれたごとく、すっかり荒れ果て、茅《ちがや》ばかりとなってしまったことだ。訪れると約束してあてにさせた家

の庭の浅茅の上葉に置くのは、私の涙のような白露。

薄情な男を久しく待つ女の心で詠んだ歌。浅茅（丈の低いちがや）が生えるのは、訪れが絶え、宿が荒れたことを意味する。本歌「ものをのみ思ひしほどにはかなくて浅茅が末に世はなりにけり」（後拾遺集・雑三・和泉式部《いずみしきぶ》）の無常観を揺曳《ようえい》させ、荒れた家の秋の寂しさを生かしている。建久六年（一一九五）正月に催された歌合《うたあわせ》の作。

◎千五百番の歌合《うたあわせ》に――藤原家隆《いえたか》

一二九四

思《おも》ひ出《い》でよたがかねごとの末《する》ならん昨日《きのふ》の雲《くも》の跡《あと》の山風《やまかぜ》

思い出してくださいよ。誰《だれ》の約束の言葉のなりゆきの姿なのでしょうか。昨日の雲を吹き散らした跡に、今日も吹いている山風は。

約束がむざんに破られた女の心での作。上句の激しい詰問が、下句の心変わりした男の無情さの暗示と緊密に呼応して、妖艶な感味を放っている。「昨日の雲」は『文選《もんぜん》』「高唐賦《こうとうのふ》」に描かれる神女と楚《そ》の懐王《かいおう》の朝雲暮雨《ちょううんぼう》の故事（一六九頁三八番歌参照）から、恋人を偲《しの》ぶ形見。それを吹き払ってなお吹き続ける風が、薄情な男の比喩《ひゆ》となる。

◎和歌所《わかどころ》で歌合がありました時に、「会ひて逢はざる恋」の趣を——寂蓮法師《じゃくれんほうし》

里《さと》は荒《あ》れぬむなしき床《とこ》のあたりまで身《み》はならはしの秋風《あきかぜ》ぞ吹《ふ》く　一三一二

あの人の訪れが絶えてから久しく、里のわたしの宿は荒れてしまった。独り寝の床のあたりまで、すっかり慣れて耐えられるようになった、冷たい秋風が吹くことだ。

女の心での作。荒れた家で独りむなしく寝ている床に吹き通う秋風に、習慣となって慣れてしまった身をいとおしむ。秋風は男が自分を「飽き」たことを暗示する。本歌「手枕《たまくら》のすき間も

風も寒かりき身はならはしのものにぞありける」（拾遺集・恋四・読人知らず）。題は、逢った後、逢うことがなくなってしまった恋の状況・思いを詠むもの。

◎「忘らるる恋」の趣を——後鳥羽院《ごとばいん》

袖《そで》の露《つゆ》もあらぬ色《いろ》にぞ消《き》えかへる移《うつ》れば変はる嘆《なげ》きせし間《ま》に　一三三三

袖に置く涙の露も、いつもとは違う紅の色に変わり、消えてしまいそうになっている。人の心が移ってしまうと、こんなにも変わるのか、と嘆いている間に。

恋人が心変りして、自分は忘れられていく。その悲嘆の中にいる女の心での作。「花の色は移りにけりないたづらにわが身世《よ》にふるながめせしまに」（古今集・春下・小野小町、四二頁所収）、「目に近く移れば変る世の中を行末遠くたのみけるかな」（源氏物語・若菜上・紫の上）をふまえ、絶望から諦《あきら》めへと変る恋心を絶妙に表す。

◎「暁の恋」の趣を――慈円《じえん》

暁《あかつき》の涙《なみだ》や空《そら》にたぐふらん袖《そで》に落《お》ちくる鐘《かね》の音《おと》かな　一三三〇

一晩じゅう恋人を思い明かした、この暁の涙が、空で鐘の音といっしょになっているのであろうか。袖に、涙とともに落ちてきて、身にしみて響く鐘の音であることよ。

暁の空に鳴り広がり、恋の悲しみの袖の涙をいちだんとしげくさせる、明け六《む》つ（午前六時）の鐘の音。格調高く、とくに下句は、俊成《としなり》に「心深く聞ゆ」（六百番歌合判詞《はんじ》）、「かぎりなく侍る」（慈鎮和尚自《じちんかしょうじ》歌合《かあわせ》判詞）と絶賛されるように、「鐘の音」を袖に落ちると動的・視覚的にとらえて新鮮かつ印象深い。

◎水無瀬《みなせ》の恋の十五首の歌合《うたあわせ》に――藤原俊成女《ふじわらのとしなりのむすめ》

通《かよ》ひ来《こ》し宿《やど》の道芝《みちしば》枯れ枯《が》れに跡《あと》なき霜《しも》のむすぼほれつつ　一三三五

あの人の通《かよ》ってきたこの宿の道芝が、冬になった今は枯れかけ、あの人の訪れも途絶えがちになって、足跡のつかない霜が、解けにくく結びつづけている。鬱屈《うつくつ》するわたしの心のように。

「冬の恋」の題による作。宿の道芝の冬枯れる寂しい情景に、男が離《か》れ果てそうで心結ぼれている女の悲しみを見事ににじませた。巻軸にふさわしい、幽艶・絶妙な歌境。

巻第十五　恋《こいの》歌《うた》五

恋の終わり、恋のはかなさをかみしめる内省的な抒情《じょじょう》を主調とする。

◎水無瀬《みなせ》の恋の十五首の歌合《うたあわせ》に――藤原定家《ふじわらのさだいえ》

白妙《しろたへ》の袖《そで》の別《わか》れに露《つゆ》落《お》ちて身《み》にしむ色《いろ》の秋風《あきかぜ》ぞ吹《ふ》く　一三三六

白栲《しろたえ》の袖《そで》を分かつ暁《あかつき》の別れに、袖の上には紅《くれない》の涙の露が落ち、身にしみる色の秋風が吹くことだ。

秋風は本来、五行思想により白色だが、後朝《きぬぎぬ》の別れの悲しさから白妙（楮《こうぞ》などの繊維で織った白い布）の袖に落ちた紅の涙（血の涙）を吹くので、「身にしむ色」、すなわち紅の色で吹いて露をこぼすのである。本歌「白たへの袖の別れは惜しけども思ひ乱れて許しつるかも」（万葉集・巻十二・作者不詳）、「吹き来れば身にもしみける秋風を色なきものと思ひけるかな」（古今《こきん》六帖《ろくじょう》・紀友則《きのとものり》）。「水無瀬殿恋十五首」の作。後鳥羽院の命でこの巻頭に据えられた。

一三三七

◎水無瀬の恋の十五首の歌合に――藤原家隆《いえたか》

思《おも》ひ入《い》る身《み》は深草《ふかくさ》の秋《あき》の露頼《つゆたの》めし末《すゑ》や木枯《こが》らしの風《かぜ》

深くあの人を思っているわたしの身は、草深いこの深草の地の秋の露のようなものだ。わたしに飽きたあの人が、約束してあてにさせた果ては、木枯しの風が露を散らすように、この身も露と消えるのだろうか。

―女の心で詠《よ》んだ作。木枯しの風にはかなく消える露に、はかない運命を暗示した重厚な歌。深草は山城国《やましろのくに》の歌枕《うたまくら》で、京都市伏見区の地。ここに住む女が飽きて訪れなくなった男に、「野とならば鶉《うづら》となりて鳴きをらむかりにだにやは君は来《こ》ざらむ」と詠《よ》んで愛情を取り戻したという『伊勢物語』一二三段の世界が投影している。

◎題知らず――藤原基俊《もととし》

床近《ゆかちか》しあなかま夜半《よは》のきりぎりす夢《ゆめ》にも人《ひと》の見《み》えもこそすれ　一三八八

お前の鳴いているところは、床のすぐ近くだ。ああ、やかましい。夜中のこおろぎよ。夢にでも、恋しい人が見えるかもしれないのに。

「きりぎりす」はこおろぎのこと。恋人に夢でだけでも逢《あ》いたいのに、眠らせてくれないこおろぎへの恨み。「床近し」から「あなかま」への移りで、洒脱《しゃだつ》な俳諧《はいかい》味を生んでいる。

◎題知らず――藤原定家《さだいえ》

かきやりしその黒髪《くろかみ》の筋《すぢ》ごとにうち伏《ふ》すほどは面影《おもかげ》ぞ立《た》つ　一三九〇

かきのけてやった、その黒髪の一筋一筋がくっきり見えるまで、ひとり寝ている時は、彼女の面影が目に浮かんで見えることだ。

本歌「黒髪の乱れも知らずうち伏せばまづかきやりし人ぞ恋しき」（後拾遺集・恋三・和泉式《いずみしき》部《ぶ》）と対応する趣があるが、「その黒髪の筋ごとに」が作者独自の妖艶の感味を強めている。

◎題知らず――読人《よみひと》知らず

さしてゆくかたはみなとの浪高《なみたか》みうらみて帰《かへ》る海人《あま》の釣舟《つりふね》　一四三五

目ざして棹《さお》をさして行く方角は、港の波が高いので、漕《こ》ぎ寄せることができずに浦を見て、恨みながら帰る海人の釣舟よ——逢《あ》おうと思っていく女の家の辺りが口やかましいので、恨めしく思って帰るわたしだ。

巻軸歌。題知らず、読人知らずの、波によそえて恋のさまを詠《よ》む歌を三首並べ、恋の部は閉じられる。

巻第十六　雑《ぞうの》歌《うた》上

四季・賀・哀傷・離別・羇旅《きりよ》・恋・神祇《じんぎ》・釈教《しやつきよう》のいずれにも属さない述懐や贈答の歌を収める。この上の巻には、四季の風物に寄せた歌を収める。

◎入道前関白太政大臣《にゆうどうさきのかんぱくだいじようだいじん》（藤原兼実《ふじわらのかねざね》）の家で、百首の歌を詠《よ》ませましたときに、「立春」の趣を――藤原俊成《としなり》

年暮《としく》れし涙《なみだ》のつらら解《と》けにけり苔《こけ》の袖《そで》にも春《はる》や立《た》つらん　一四三六

年が暮れたのを惜しんで流した涙の氷が解けてしまったことだ。わたしの僧衣の袖《そで》にも、春が訪れているのであろうか。

治承《じしょう》二年（一一七八）、兼実が、作者俊成に和歌を師事することとなった。その二年前に出家していた俊成は、沈んでいた境涯に訪れた栄誉の喜びを、「雪のうちに春は来にけり鶯《うぐひす》の氷《こほ》れる涙今やとくらむ」（古今集・春上・二条后《にじょうのきさき》）を参考にしつつ立春の趣に託した。『礼記《らいき》』月令《がつりょう》の「孟春《もうしゅん》の月、東風《とうふう》氷を解く」に拠《よ》る。本巻の巻頭歌。

◎近衛司《このえづかさ》で年久しくなってのち、殿上人《てんじょうびと》たちが南殿《なでん》の左近《さこん》の桜の花見に参っていたときに詠んだ歌——藤原定家《さだいえ》

春《はる》を経《へ》て行幸《みゆき》になるる花《はな》の陰《かげ》古《ふ》りゆく身《み》をもあはれとや思《おも》ふ　一四五五

幾年もの春を過ごして、帝《みかど》の行幸に立ち慣れている左近の桜の、雪と降る花の木陰よ。その花陰で、同じく年を経ていくわたしの身をも、かわいそうだと思うであろうか。

建仁《けんにん》三年（一二〇三）春二月に詠んだ歌。作者の歴任した左近衛少将《さこんえのしょうしょう》・中将は天皇の行幸の時、紫宸殿《ししんでん》（南殿）の左近の桜のもとに立つ。毎年行事を迎え、また花を雪と降らせつつ年経

てきた左近の桜の姿と、在任十五年間、その木陰から行幸に供奉《ぐぶ》しながらはかばかしい昇進もなく年経た嘆きを訴える作者の姿とが、渾然《こんぜん》と融合して哀感を深めている。後鳥羽院《ごとばいん》はこの歌を「述懐《しゆつくわい》の心もやさしく見えし上、事柄も希代《きだい》の勝事《しようじ》にてありき」（後鳥羽院御口伝《ごくでん》）と絶賛したが、定家自身は『新古今集』への入集も強く反対していた。

◎題知らず——西行法師《さいぎよう》

世《よ》の中《なか》を思《おも》へばなべて散《ち》る花《はな》のわが身《み》をさてもいづちかもせん　一四七一

世の中のことわりを思うと、すべて、散る花のようにはかないわが身を、それにしても、どこへやったらよいのであろうか。

桜の花は世の無常の理《ことわり》のとおり、はかなく散っていく。しかし、その無常の理を思う人間は、はかないことを知りつつ、わが身の行方を見つめ、身のふり方に思いをはせずにいられない。「宮河歌合《みやがわうたあわせ》」で定家は「句ごとに思ひ入りて、作者の心深く悩ませる所侍《はべ》れば…」と判《はん》じた。

◎千五百番の歌合に――藤原有家《ありいえ》

春《はる》の雨《あめ》のあまねき御代《みよ》を頼《たの》むかな霜《しも》に枯《か》れゆく草葉《くさば》漏《も》らすな　一四七八

春雨があまねく降りそそぐように、帝《みかど》のお恵みがあまねくとどく御代を頼みにしていることです。春雨が冬の霜で枯れてゆく草葉を漏らさないように、老い衰えてゆくわたしをお漏らしくださいますな。

帝の温かい恩恵の暗示としての「春雨」と、老い衰えてゆく、恵みを待つ身の暗示としての「霜に枯れゆく草葉」のたとえが的確で、品位のある述懐歌。

◎早くから幼友だちでありました人で、幾年か過ぎて行き逢《あ》いました人が、ちょっと逢っただけで、七月十日ごろ、雲に隠れる月と競うようにして帰りましたので――紫式部《むらさきしきぶ》

めぐり逢《あ》ひて見《み》しやそれとも分《わ》かぬ間《ま》に雲隠《くもがく》れにし夜半《よは》の月影《つきかげ》　一四九九

久しぶりにめぐり逢って見たのが、それであったかともわからないうちに、雲に隠れてしまった夜中の月の光よ。――めぐり逢ってみた人が、その人であったかともわからないうちに、姿を隠してしまった人よ。

久しぶりに逢えた幼友達（女性）がすぐに帰った名残惜しさを、折から月が雲に隠れてしまった名残惜しさの中に見事に溶かしきって、優雅である。『百人一首』に、結句を「夜半の月かな」として入る。

◎和歌所《わかどころ》の歌合《うたあわせ》に、「深山《みやま》の暁《あかつき》の月」という題を――　鴨長明《かものちようめい》

夜《よ》もすがらひとりみ山《やま》の槙《まき》の葉《は》に曇《くも》るも澄《す》める有明《ありあけ》の月《つき》　一五二三

一晩じゅう一人見ていると、深山の槙《まき》の葉にさえぎられて曇っていた光も、夜が更けた今は、槙の葉を離れて、澄んでいる有明の月よ。

建仁《けんにん》元年（一二〇一）八月、後鳥羽院《ごとばいん》が主催した歌合の作。「曇るも澄める」が、見ている作者の心境の推移をも生かして、幽玄である。後鳥羽院が特に誉めた、長明会心の一首。

◎題知らず――慈覚大師《じかくだいし》

おほかたに過《す》ぐる月日《つきひ》をながめしはわが身《み》に年《とし》の積《つも》るなりけり　一五八七

普通のこととして、しみじみと過ぎていく月日を見送っていたが、それは、わたしの身に年が積ることであったのだ。

本巻巻軸の歌。毎年、歳暮《さいぼ》になると、なんとなくしみじみとして、過ぎていく月日が名残惜しくて、嘆かれる。じつは、その嘆きの繰り返しが自分の身に年が積り、命が老いていくことだった、と気づいた驚きである。淡々とした抒情《じょじょう》に人間的真実を鋭くとらえている。雑歌上の巻の巻軸に据えられたのも、それゆえであろう。

巻第十七　雑歌《ぞうのうた》中

都を離れての述懐や、そういう所に行く人や住む人を思っての述懐などの作を収める。

◎朱鳥《あかみとり》五年九月《ながつき》、紀伊国《きいのくに》に行幸《みゆき》の時——河島皇子《かわしまのみこ》

白波《しらなみ》の浜松《はままつ》が枝《え》の手向草《たむけぐさ》幾世《いくよ》までにか年《とし》の経《へ》ぬらん　一五八八

白波の寄せる浜辺の松に旅人がかけた手向草は、いったい幾代になるまで年が経《た》ったのだろうか。

巻頭歌。旅の道中見た光景に、同じく旅の安全を道の神に祈った昔の旅人を思う。原歌は『万葉集』巻一にある。『日本書紀』に見える持統天皇四年（六九〇）の紀伊国行幸による歌か。

◎和歌所《わかどころ》の歌合《うたあわせ》に、「関路《せきじ》の秋風」という題を――藤原良経《ふじわらのよしつね》

一六〇一 人住《ひとす》まぬ不破《ふは》の関屋《せきや》の板庇《いたびさし》荒《あ》れにしのちはただ秋《あき》の風《かぜ》

関守《せきもり》の住んでいない不破《ふわ》の関屋の板庇《いたびさし》よ。荒れてしまったのちは、ただ秋風ばかりが訪れていることだ。

「不破の関屋」は美濃国《みののくに》、岐阜県不破郡関ケ原町にあり、伊勢国《いせのくに》の鈴鹿《すずか》の関、越前国の愛発《あらち》の関と合わせて「三関《さんせき》」とされたが、桓武《かんむ》天皇の延暦《えんりやく》八年（七八九）に廃止された。荒涼とした関屋の残骸《ざんがい》を、秋風に音をたてる板葺《いたぶき》の庇「板庇」でとらえ、歴史の変転を見る作者の目を背後に、寂寥《せきりよう》感と哀感とを広がらせている。「影供歌合《えいぐうたあわせ》」の作。

◎伊勢《いせ》に下《くだ》った時に詠《よ》んだ歌――西行《さいぎょう》法師

鈴鹿《すずか》山《やま》憂《う》き世《よ》をよそに振《ふ》り捨《す》てていかになりゆくわが身《み》なるらん　一六一三

今、鈴鹿山よ、関を越えて、つらい人の世を、思いきってよそに捨てていくが、さてどのようになっていくわが身であろうか。

作者の出家直後のころの作。出家し、漂泊の旅に出たが、心の関所ともなった鈴鹿山（三重・滋賀県境にある山。都から伊勢への要路）で、行く末を自問してみると心細い。その人間的真実が哀感を広がらせる。「振り」「なり（「鳴り」を掛ける）」は、「鈴」の縁語。

◎東国の方へ修行の旅をしていました時に、富士《ふじ》の山を詠みました歌――西行法師

風《かぜ》になびく富士《ふじ》の煙《けぶり》の空《そら》に消《き》えてゆくへも知《し》らぬわが思《おも》ひかな　一六一五

風になびく富士の煙が空に消えていくが、ちょうどあのように、どうなっていくかもわからない、わたしの思いよ。

慈円《じえん》は、西行がこの作を第一の自讃歌としたと伝えている。「思ひ」に「煙」の縁語「火」を掛ける。魂の永遠の漂泊性をとらえて幽玄。

◎題知らず――西行法師

吉野山《よしのやま》やがて出《い》でじと思《おも》ふ身《み》を花散《はなち》りなばと人《ひと》や待《ま》つらん　一六一九

吉野山を、そのまま出まいと思っているわが身を、桜の花が散ってしまったならば出るであろうと思って、人は待っていることであろうか。

吉野山に入ったのは、花を見るだけでなく、世俗を離れるためである。しかし、つい、花見のために山に入ったのだろうと思って待つ人を思う。その微妙な心のゆらぎが生きている。

◎住吉社《すみよししゃ》の歌合《うたあわせ》に、「山」を——後鳥羽院《ごとばいん》

奥山《おくやま》のおどろが下《した》も踏《ふ》み分《わ》けて道《みち》ある世《よ》ぞと人《ひと》に知《し》らせん　一六三五

奥山の茨《いばら》の下をも踏み分けていって、どのような所にも道がある世だと、人に知らせよう。

承元《じようげん》二年（一二〇八）五月二十九日、後鳥羽院主催「住吉社歌合」の作。本集中最も新しい歌。「住吉社」は大阪市住吉区の住吉大社。和歌で「おどろ（茨）の道」とは公卿達のこと。どのような所にも正しい政道があることを万民に知らせたいという為政者としての所信の象徴的歌境。

◎題知らず——柿本人麿《かきのもとのひとまろ》

もののふの八十宇治川《やそうぢがは》の網代木《あじろぎ》にいさよふ波《なみ》のゆくへ知《し》らずも　一六五〇

宇治川《うじがわ》の網代木（氷魚《ひお》をとるための仕掛けである網代の杭《くい》）にさえぎられて

たゆたっている白波の、やがて行方もわからなくなることだ。

人口に膾炙《かいしゃ》した人麿の歌。『万葉集』巻三に近江国《おうみのくに》から上京した折の作とあり、壬申《じんしん》の乱で荒廃した旧都大津《おおつ》の宮《みや》（滋賀県大津市）の情景を念頭に置いての感慨である。哀感がおのずから無常観の述懐に通じる。

一六七六

◎題知らず――西行《さいぎょう》法師

古畑《ふるはた》のそばの立《た》つ木《き》にゐる鳩《はと》の友呼《ともよ》ぶ声《こゑ》のすごき夕暮《ゆふぐれ》

荒れ畑の崖《がけ》に立っている木にとまっている鳩の、友を呼ぶ声がぞっとするほどもの寂しい夕暮よ。

荒涼とした古畑の辺りの夕暮の山道を歩いていた時の実感の作。友を呼ぶ鳩の声にこもるやさしさゆえに、孤独感が身内を貫く。

新古今集の風景 ③

住吉《すみよし》大社

大阪の住吉区は今でこそ埋め立てが進んで市街地となっているが、かつては千鳥《ちどり》鳴きわたる白砂青松の美しい浜辺が広がり、海上から住吉大社の鳥居《とりい》も見渡すことができた。参詣《さんけい》路にあたる住吉公園の西端には昭和に再建された二一《メートル》もの高灯籠《たかとうろう》が立つ。鎌倉末期に住吉の神への献灯として建立されたが、海上をゆく舟の目印となり、この灯りを頼りにおびただしい人々がこの浜辺の聖地を訪れた。

『日本書紀』によれば、住吉大社の創建は新羅《しらぎ》征討で戦勝した神功《じんぐう》皇后が神意を受けて、この地に底筒男命《そこつつのおのみこと》、中筒男命、表筒男命《うわつつのおのみこと》の三神を祀《まつ》ったことに始まり、現在は皇后を加えた四柱《よはしら》の神が鎮まっている。美しい勾配の反橋を越えて鳥居をくぐると、三棟の本宮がすっきりと縦列に並び、神功皇后を祀る第四本宮だけが第三本宮の横に並んでいる。いずれも江戸時代再建の国宝であり、墨色の檜皮葺《ひわだぶき》の屋根と柱に、黄金色の金具が気高く映えて神々しい。

住吉の神は海上交通の安全を守護する神として栄えたが、託宣が和歌によってなされたという伝承から、平安時代の中頃には和歌の神としても知られるようになった。住吉社歌合も幾度《いくど》となく行われ、新古今歌人の藤原俊成は歌の道を究めるべく十七日間も参籠《さんろう》したという。俊成は京の五条室町《ごじょうむろまち》の邸《やしき》に、やはり歌の神である新玉津島《にいたまつしま》神社を勧請《かんじょう》し、それを継いだものが現在醒ヶ井《さめがい》通に鎮まる住吉神社である。歌作にも神の加護を求めた往時の歌人たちの情熱が知れよう。

巻第十八　雑歌《ぞうのうた》下

菅原道真《すがわらのみちざね》の大宰府《だざいふ》配流《はいる》生活の厳しい述懐の歌に始まり、主として、現実の世にさまざまに生きる命の、憂苦をかみしめた述懐の歌を収める。

◎山――菅原《すがわら》道真《のみちざね》

あしひきのこなたかなたに道《みち》はあれど都《みやこ》へいざといふ人《ひと》ぞなき　一六九〇

山のこちらにもあちらにも道はあるけれど、「都へ、さあ帰ろう」と言ってくれる人はいないよ。

菅原道真は右大臣であった延喜《えんぎ》元年（九〇一）、藤原時平《ふじわらのときひら》の讒言《ざんげん》で大宰権帥《だざいのごんのそち》に左遷され、大宰府（福岡県太宰府市）に配流された。本巻ではこの巻頭歌から十二首続けて道真の配所での詠が配列されている。苦境から救い出してくれる人が一人もいないことへの悲嘆と懊悩《おうのう》を詠《よ》む。

◎雲――菅原道真《すがわらのみちざね》

山別《やまわか》れ飛《と》びゆく雲《くも》の帰《かへ》り来《く》る影《かげ》見る時《とき》はなほ頼《たの》まれぬ　一六九三

山から別れて飛んで行く雲の、再び山に帰ってくる姿を見る時は、やはり、都に帰ることができるかと、頼みがかけられてしまうことだ。

配流生活の中で、山を離れては帰る雲が、わずかに希望の灯をともしてくれたのである。しかし望みはかなわず、延喜三年、同地で没した。

◎海——菅原道真

海《うみ》ならず湛《たた》へる水《みづ》の底《そこ》までに清《きよ》き心《こころ》は月《つき》ぞ照《て》らさん　一六九九

海どころでなく、さらに深く満ちている水の底、それ程までに清いわたしの心は、天の月が照らして、明らかに見てくれることであろう。

心の奥底までの清廉潔白さを誰《だれ》にも見てもらえないという絶望的な嘆きを、皓々《こうこう》と照る月に恥じない自負の高揚に転じて、高格の声調に響かせた。

◎題知らず——藤原清輔《きよすけ》

長《なが》らへばまたこのごろやしのばれん憂《う》しと見《み》し世《よ》ぞ今《いま》は恋《こひ》しき　一八四三

もし生き長らえているならば、また、同じように、このごろが思い慕われるのであろうか。つらいと思った昔の世が、今は恋しいことだ。

生きる時の流れは、つらかった過去も恋しく懐かしいものに変える。その実感からの作。人間の悲しみをうたいあげた、哀感豊かな抒情《じよじよう》である。家集によれば三条内大臣藤原公教《きんのり》が中将だった時に贈った歌だという。『百人一首』に入る。

◎題知らず——蟬丸《せみまる》

世《よ》の中《なか》はとてもかくても同《おな》じこと宮《みや》も藁屋《わらや》も果《は》てしなければ　一八五一

世の中はどうあろうとこうあろうと、同じことだ。立派な宮殿だろうが、みすぼらしい藁屋だろうが、いつどうなるかわからない。限りというものはないのだから。

本巻巻軸の歌。人口に膾炙《かいしや》した伝誦歌《でんしようか》で、蟬丸自身にも、琵琶《びわ》の名手、帝《みかど》の落胤《らくいん》、逢坂《おうさか》の関《せき》の明神などの伝説がある。無常の世に、身分による差はむなしいものだと見ての感懐。人間の世を大観して真実を鋭く透視した歌境が、雑の部の結びにふさわしい。

巻第十九　神《じん》祇《ぎの》歌《うた》

天神《てんじん》（天の神）・地祇《ちぎ》（地の神）を讃《たた》え、祈念する歌で、広く神社・神事に関する歌を含む。「釈教歌《しゃっきょうか》」とともに独立した部立《ぶだて》となったのは『千載集《せんざいしゅう》』からである。

知《し》るらめや今日《けふ》の子《ね》の日《ひ》の姫小松《ひめこまつ》生ひん末《すゑ》まで栄《さか》ゆべしとは　一八五二

知っているだろうか。今日の子の日に引いた姫小松が、生長して老樹になるであろう将来まで、お前が栄えるであろうということは。

本巻の巻頭から十三首は、神詠が収められている。巻頭に置かれたこの歌は、左注《さちゆう》に「この歌は、日吉《ひえ》の社司が、社頭の後ろの山に行って、子の日の小松引きをしました夜、人の夢に見えた歌だということです」とあり、滋賀県大津市にある日吉大社の神が、子の日の祝いに小松を引いた日吉大社の社司に加護を与えるという託宣の歌。優雅で慈愛がにじみ出ている。

◎鴨社《かもしや》の歌合《うたあわせ》といって、人々が歌を詠《よ》みました時に、「月」を――　鴨長明《かものちようめい》

石川《いしかは》や瀬見《せみ》の小川《をがは》の清《きよ》ければ月《つき》も流《なが》れを尋《たづ》ねてぞすむ　一八九四

石川《いしかわ》の瀬見の小川が清いので、月もまた賀茂《かも》の神と同じように、その流れを尋ねて、澄んで宿っていることだ。

源光行《みつゆき》が主催した歌合の作。「石川の瀬見の小川」は、賀茂川の異名。題の「月」を、賀茂川の清流に澄んで映る月とし、鎮座した賀茂の神の面影をも重ねて、讃嘆《さんたん》の心を厚くした。長明の著した『無名抄《むみようしよう》』によれば、この異名をはじめて詠んだのは賀茂社神官の家柄である自分であ

り、歌合では川の名不審として負けたが、『新古今集』に入集して「生死の余執《よしゆう》」になるかと思うくらい嬉《うれ》しかったという。

◎文治《ぶんじ》六年（一一九〇）、女御《にようご》（藤原任子《ふじわらのにんし》）入内《じゆだい》の屏風《びようぶ》に、春日の祭――藤原兼実《かねざね》

今日《けふ》祭《まつ》る神《かみ》の心《こころ》やなびくらん四手《しで》に波立《なみた》つ佐保《さほ》の川風《かはかぜ》　一八九六

今日祭る神のみ心が、わが祈念をお受けくださっているのであろうか。四手が波の立つようにゆらぎなびいている。佐保《さほ》川《がわ》の川風で。

自身は摂政にして、娘任子の入内の感激にいた作者が、佐保（奈良市内北部を流れる川）の川風にゆらぎなびく四手（玉串や注連《しめ》に垂らした木綿《ゆう》）の姿に、氏神春日明神の加護を感じた、その感が生きている。

巻第二十　釈教《しやつきようの》歌《うた》

「釈教」は釈迦《しやか》の教えの意で、本巻には、仏教にかかわる述懐の歌を広く収める。『千載集《せんざいしゆう》』の時から独立した部立《ぶだて》となった。

なほ頼《たの》め標茅《しめぢ》が原《はら》のさせも草《ぐさ》わが世《よ》の中《なか》にあらん限《かぎ》りは　一九一六

やはり、わたしを頼みにしなさい。そのようにもぐさで焼くように胸を焦がし悩ましくても。わたしがこの世にいるであろう限りは。

左注に「清水《きよみず》観音の御歌だと言い伝えている」とある。巻頭歌。本巻の巻頭三首は仏菩薩《ぶつぼさつ》の示《じ》現《げん》の歌であり、神祇歌の巻と対応している。「標茅が原」は栃木県・伊吹山《いぶきやま》の麓《ふもと》で、もぐさ（蓬《よもぎ》）の産地。当時、都の人々に広く信仰された京の清水観音《きよみずかんのん》の慈悲深さを示す歌。

◎比叡山《ひえいざん》の根本中堂《こんぽんちゅうどう》を建立した時――伝教大師《でんぎょうだいし》

阿耨多羅三藐三菩提《あのくたらさんみゃくさんぼだい》の仏《ほとけ》たちわが立《た》つ杣《そま》に冥加《みやうが》あらせたまへ　一九二〇

最上の知恵を持たれる、み仏たちよ。わたしの入り立つこの杣山《そまやま》に、冥加《みようが》をお与えください。

根本中堂の建立は延暦《えんりゃく》七年（七八八）。「阿耨多羅三藐三菩提」は梵語《ぼんご》で、仏の最上の智慧《ちえ》、の意。「杣」は材木を伐《き》り出す山で、ここでは比叡山をさす。根本中堂の建立に注いだ情熱が、高格・荘重な声調でうたいあげられて、目に見えない仏の加護を祈る結句に迫力があふれる。

◎人々に勧めて「法文《ほうもん》百首の歌」を詠《よ》みました時に、「栴檀香風《せんだんこうふう》、悦可衆心《えつかしゅしん》」

——寂然《じゃくねん》法師

吹《ふ》く風《かぜ》に花橘《はなたちばな》やにほふらん昔覚《むかしおぼ》ゆる今日《けふ》の庭《には》かな

一九五三

吹く風で花橘《はなたちばな》がにおっているのであろうか。昔、灯明仏《とうみょうぶつ》が『法華経』を説かれた時のことが思い出される、今日の法《のり》の庭であることよ。

「法文百首」は、仏法を説いた文句の趣を詠んだ百首歌。「栴檀香風、悦可衆心」は『法華経』巻一・序品一の句で、釈迦が霊鷲山《りょうじゅせん》で『法華経』を説こうとした時、栴檀（白檀《びゃくだん》）の香風が吹いて聴聞の僧徒の心を喜ばせたところ、それを弥勒《みろく》が怪しんで文殊師利《もんじゅしり》に問うた詞《ことば》。文殊師利は、昔、灯明仏が『法華経』を説こうとした時も、瑞相《ずいそう》が現れたと答えた。「栴檀」を昔のことを想起させる「花橘」に変え（『古今集』一三九番歌、四七頁）、柔らかな抒情《じょじょう》をたたえる。

◎「観心《かんじん》」を詠みました歌——西行《さいぎょう》法師

一九七八

闇《やみ》晴《は》れて心《こころ》の空《そら》に澄《す》む月《つき》は西《にし》の山《やま》べや近《ちか》くなるらん

煩悩《ぼんのう》の迷いがすっかり消えて、わたしの心の空に澄んで見えている真如《しんにょ》の月は、西方極楽浄土が近くなっていることを知らせているのであろうか。

本巻巻軸の歌であり、本集の掉尾《とうび》を飾る歌。「観心」は、心の本性を明らかに見きわめること。「月」は、仏性《ぶつしょう》・菩《ぼ》提心《だいしん》、すなわち宇宙万物の平等・無差別の真理を示す真如の月。仏道修行の結果、悟りを得て極楽往生の遂げられる境地になっていた作者の喜びが響き出る。釈教の歌の結びにふさわしい。

解説

『古今和歌集』の成立

『古今和歌集』は、「仮名序《かなじょ》」と「真名序《まな》」に記された日付から、延喜五年（九〇五）四月十八日（「真名序」には十五日とする本文もある）の成立であると考えられている。厳密に言えば、この日が奉勅《ほうちよく》（歌集編纂《へんさん》の勅命を受ける）の日なのか、それとも奏覧（完成した歌集をご覧に入れる）の日なのか、なお議論の余地が残るが、近年は奏覧説の方に多くの支持が集まっている。その場合に問題となるのは、私たちが手にする『古今集』の中に、延喜五年以降に詠《よ》まれたことが明らかな歌が含まれていることである。延喜七年九月の「大堰川行幸和歌《おおいがわぎようこう》」や、同十三年三月の「亭子院歌合《ていじのいんのうたあわせ》」の歌がそれである。たとえば「亭子院歌合」は、宇多《うだ》上皇（醍醐《だいご》天皇の父）が催した盛大な歌合である。三月という時期にふさわしく仲春《ちゆうしゆん》、季春《きしゆん》、初夏、恋の四題が設定され、紀貫之《きのつらゆき》、凡河内躬恒《おおしこうちのみつね》、伊勢《いせ》、藤原興風《ふじわらのおきかぜ》、坂上是則《さかのうえのこれのり》ら『古今集』を代表する歌人たちによって、計六〇首の歌が詠まれた。『古今集』はこの歌合から、次の三首を採っている。

見る人もなき山里の桜花《さくらばな》ほかの散りなむのちぞ咲かまし（春上・六八　伊勢）
桜花散りぬる風のなごりには水なき空に波ぞ立ちける（春下・八九　貫之）
今日《けふ》のみと春を思はぬ時だにも立つことやすき花のかげかは（春下・一三四　躬恒）

六八番は春上の巻末の歌、八九番は「散る桜」の歌群をしめくくる歌、一三四番は春下の巻末の歌である。いずれも歌集の節目に位置する名歌であり、これらの歌がなかったら、『古今集』の春部の印象はまた違ったものになったのではないか。このように延喜五年奏覧説に従って『古今集』を読むと、いったん出来上がった集の中に、さらに秀歌を補入して、よりよい形を追求していった跡を見てとることができる。『古今集』という歌集の成立過程を、より動的に追体験することができるのである。

『古今和歌集』の表現

近代短歌の黎明期《れいめい》に、正岡子規《まさおかしき》が「貫之は下手な歌よみにて『古今集』はくだらぬ集に有之候《これありそうろう》」と断言し、その歌は「駄洒落《だじやれ》か理屈ッぽい者」ばかりであると酷評したことはよく知られているが（「再び歌よみに与ふる書」明治三一年）、この評は多分に戦略的であって、『古今集』の本質を正しく捉《とら》えたものとは言いがたいであろう。理屈っぽさ、つまり、抒情《じよじよう》が思考のかたちをとることが『古今集』歌の大きな特徴であり、複雑なレトリックは小手先の飾りではなく、歌人たちの発想そのものと分かちがたく結びついている。
たとえば次の歌はどうだろうか。

世の中に絶えて桜のなかりせば春の心はのどけからまし（春上・五三　業平《なりひら》）

「この世の中に桜というものがまったくなかったなら、春を過ごす人々の心はどんなにか穏やかであったろうに」というこの歌は、たしかに理が勝っている。けれどもその背後には、桜を愛するあまりに一喜一憂してしまう王朝人の耽美《たんび》的な感情が息づいている。そのような感情を、桜が好きだとストレートに歌うのではなく、もしも桜がなかったなら……という思考を通して間接的に表現してみせたところに、この歌の魅力がある。次は秋の歌。

白露《しらつゆ》の色はひとつをいかにして秋の木《こ》の葉《は》を千々《ちぢ》に染むらむ（秋下・二五七　敏行《としゆき》）

この歌は紅葉を大自然による染色の営みとして把握し、染料となる「白露」は白一色なのに、いったいどのようにして秋の木の葉を千変万化に染めるのだろうかと疑問を呈している（「一」と「千」の数の対比も意識されていよう）。このような思考を巡らすことによって、霊妙な自然への驚異の思いと、紅葉の美しさに対する感動とが表現されている。
もう一例、掛詞《かけことば》や縁語《えんご》といったレトリックを駆使した恋歌を見てみよう。

音《おと》にのみきくの白露夜《よる》はおきて昼は思ひにあへず消《け》ぬべし（恋一・四七〇　素《そ》性《せい》法師）

「聞く」と「菊」、「起き」と「置き」、「思ひ」と「日」、「（私が）消」と「（露が）消」が掛詞、「菊の白露」「置き」「日」「消」が縁語であり、次のように図示することができる。

【心象】　聞く　　起き　　思ひ　（私が）消
音にのみ　きくの白露　夜はおきて　昼は思ひに　あへず消ぬべし
【物象】　菊　　置き　　日　（露が）消

このように図示してみることで、掛詞一つ一つの中に、実は心象語と物象語の対応があることが確認できる。そして歌全体も「あなたの噂を聞くばかりで、夜は起きていて、昼は思いに耐えかねて死んでしまいそうだ」という恋の心象と、「夜の間に置いた菊の白露が昼の日光にあたって消えてしまう」という美しくはかない物象とが、対応した構造を持つことが見えてくる。掛詞は単なる洒落ではなく、同音を媒介にして思いがけない心象と物象を結びつけて、歌の中に豊かなイメージの飛躍をもたらす、『古今集』歌の本質に根ざした技法なのである。

『古今和歌集』の配列

『古今集』は千百余首の歌を並べて一つの世界を創造している。たとえば四季部は立春から歳暮《さいぼ》までの歌を、季節の進行に即して並べている。このような配列は『万葉集』には見られず、『古今集』が初めて行ない、以降の勅撰集にも受け継がれていった。恋歌五巻を例にとると、本来異なる来歴を持つ歌をたくみに配列して、恋の始発から終焉《しゅうえん》までを時の推移にそって描き出していることがわかる。恋一には、噂に聞くばかりの恋、一目見た人を慕う恋など、「逢《あ》わぬ恋」の歌が並んでいる。恋二も「逢わぬ恋」の歌を基本とするが、歌数を重ねるにつれて逢瀬《おうせ》を求める思いがより強調されてくる。恋三には「初めての逢瀬」前後の歌が配列されるが、その最高潮の部分に位置しているのが、まるで恋人同志の睦言《むつごと》のように並べられた、次の二首である。

秋の夜も名のみなりけり逢ふといへばことぞともなく明けぬるものを（六三五　小町《こまち》）

長しとも思ひぞはてぬ昔より逢ふ人からの秋の夜なれば（六三六　躬恒）

『古今集』の恋の成就は、歓喜ではなく、ようやく訪れた貴重な夜があっけなく明けていくという悲哀の情によって捉えられている。続く恋四では恋人の心変わりが予感され、最後の恋五には、失われた恋を愛惜する歌が並んでいる。桜も恋も人生そのものも、すべては時の推移とともに過ぎ去っていくというのが、『古今集』歌の基調にある認識である。そして、その認識は配列によっていっそう明確に示されている。本書は歌集の中から名歌を抜粋《ばっすい》したものであるが、もともとの配列も、ある程度まで類推できるような作りになっている。こうした観点からも『古今集』の世界を楽しんでいただきたい。

（鈴木宏子）

『新古今和歌集』の成立と後鳥羽院《ごとばいん》

建久《けんきゅう》九年（一一九八）に、十九歳で土御門天皇に譲位し院政を開始すると同時に、鶏合《とりあわせ》、蹴鞠《けまり》などの遊興や御幸に明け暮れていた若き上皇後鳥羽院が、いつ何をきっかけに和歌に興味を持ったのかはわからない。近臣の源通親《みなもとのみちちか》や側近の実務官僚らに巻き込まれるかたちか、老練の歌人寂蓮《じゃくれん》、蹴鞠の達人として関東から招かれた藤原雅経《ふじわらのまさつね》ら、身近にいた和歌の上手の影響か。しかし後鳥羽院が和歌にのめり込んだのは、単に遊興の延長ではなかったろう。和歌は民の心を和らげ、君臣が相和《あいわ》して理想の治世を謳《うた》うものであり、神仏への祈りともなる。また勅撰和歌集はその撰集時の治世のすばらしさを体現する一面を持つ。幼帝のころからはるか東国に強大な権力を持つ存在があることを意識させられてきた治天の君が、宮廷の伝統に根ざした和歌の、このような政治的側面に気づかなかったはずはない。そしてそれに気づいたとき、自らの勅撰和歌集を持とうという意欲を持ったのだろう。

正治《しょうじ》二年（一二〇〇）七月、初の公的な和歌行事として催した『正治初度百首《しょどひゃくしゅ》』で、後鳥羽院は初めて藤原定家《ていか》の歌にふれ、たちまち魅了される。以後定家を自身の主催する和歌行事の中心歌人に据えるとともに、自身も定家の歌風に染まっていった。ほどなく、政治の中枢を司る権門の歌人から保守的な詠風の六条藤家《ろくじょうとうけ》や革新的な詠風の御子《みこ》左家《ひだりけ》に連なる歌人、地下《じげ》と呼ばれる低い階層や女性歌人たちなど、当代のあらゆる歌人たちが後鳥羽院のもとに集められ、歌壇が形成された。後鳥羽院歌壇では定家や後京極良経《ごきょうごくよしつね》らの新しい歌風や表現への意欲・関心が共有され、趣向の凝らされた歌会・歌合《うたあわせ》が頻繁に催される中、歌人たちは秀歌を詠出すべく切磋琢磨《せっさたくま》した。この和歌熱を背景に、建仁《けんにん》元（一二〇一）七月、ついに後鳥羽院は和歌所《わかどころ》（事務機関）を設け、良経ら十一人を寄人《よりうど》（職員）に、源家長《いえなが》を開闔《かいこう》（事務長）に任命する。後日三人を寄人に追加、十一月には寄人のうち源通具《みちとも》・藤原有家《ありいえ》・定家・家隆・雅経・寂蓮（建仁二年七月没）を撰者に任命、勅撰集の撰集を開始した。

撰集期は作業段階によって四期に分けられる。各撰者が歌を選び、歌集の形に整えて後鳥羽院に提出した第一期が建仁三年四月ごろまで。それらを後鳥羽院が三度校閲、採用歌に点を付し、各撰者に戻した第二期が元久元年（一二〇四）六月まで。その歌を撰者が主題別に分類・配列、二十巻の歌集にまとめる部類《ぶるい》の作業に追われた第三期が、元久二年三月二十六日の歌集完成を祝う竟宴《きょうえん》まで。ここでも後鳥羽院の意志が細部まで反映された。竟宴直後から入集歌の相次ぐ加除訂正（切継《きりつぎ》）に撰者が忙殺された第四期が承元《じょうげん》四年（一二一〇）ごろまで。ここに至るまで、竟宴前後に大規模な歌会・歌合が頻々と催され、そこでの秀歌が随時加えられた。撰者は切継の激しさに閉口しつつ、絶対的指導者後鳥羽院の意向を汲《く》んで最新の秀歌を集に反映させ、完成を目指し延々と作業をしたのである。建《けん》保《ぽう》四年（一二一六）の、和歌所開闔の家長書写の本を以《もっ》て『新古今集』は最終的に完成したと見なすが、近年、切継作業が終息した承元四年ごろを最終の成立期と見る説もある。

その後、鎌倉幕府を排除しようと企てた承久《じょうきゅう》の乱に敗れ、隠岐《おき》に配流された後鳥羽院は、絶海の孤島で『新古今集』の精撰に取り組む。四百首ほどに削除の符号を付して完成させた集の識語《しきご》で、「さらに改め磨けるはすぐれたるなるべし」と自負する後鳥羽院にとって、『新古今集』はあくまでも「自ら撰《えら》び定め」（識語）た歌集であった。院自身にとっては隠岐での形態が、『新古今集』の紛れもない完成形態だったのである。

『新古今和歌集』入集歌の方法と特質

『新古今集』には、『万葉集』以後鎌倉時代初頭までのさまざまな歌が、撰者ひいては後鳥羽院の眼を通して収められ、歌集全体の特質に寄与している。その選択眼に働いているのは、現実認識に通じる時代意識、歴史意識である。そもそも上古から当代までの歌を収める姿勢がその意識に基づいたもので、それは各巻の巻頭歌・巻軸歌への配慮、細部にわたって練り上げられた配列にも現れている。たとえば「ふるさと（古京）」を詠《よ》むことで呼応する春上巻頭と春下巻軸の良経詠は、季節の移ろいの中に悠久の時の流れと人の営みの無常を感じさせるだろう。また絶え果てた恋の諸相を詠む恋五の巻頭では、定家の巧緻《こうち》な本歌取《ほんかど》りの歌に続き、恋の絶望を彫琢《ちょうたく》した表現で詠む家隆・慈円《じえん》ら当代歌人詠が続くのに対して、巻軸では比喩《ひゆ》表現で恋の不安定さ、頼みがたさを詠む読人しらずの古歌が続く。詠みぶりの違いを越えて、ここにはいつの世にも変わらない、意のままにならない恋の本質が見えるのである。九十四首と最多入集の西行詠は、実感が口を衝《つ》いてそのままことばになった詠みぶりが多く、その抒情の質と個性的な表現は異彩を放っている。とはいえ「年たけてまた越ゆべしと思ひきや命《いのち》なりけりさやの中山《なかやま》」(羇旅《きりょ》・九八七)と、老いての陸奥《みちのく》再訪を深い感動と共に詠む生得《しょうとく》の歌人の現実感覚、時代認識は、撰者の時代意識に通じるし、深い抒情性をたたえた詠みぶりは、方法は違えど同時代に生きた俊成《しゅんぜい》と共通する。『新古今集』で達成された歌風と追求された表現の核心部分は、やはり父俊成が目指した理念と方法を継承発展させた定家を中心とする新風歌人の詠歌にある。俊成は、新奇なことばや趣向の面白さを追求することで閉塞感を打開しようとした院政期の和歌のあり方から脱し、和歌本来の持つ抒情性を回復させることこそが和歌の再生につながると考えた。古歌や『伊勢《いせ》物語』『源氏物語』などの物語、漢詩のことばを意図的に用いることで、その世界を背景とし、一首に新たな深い余情を生む本歌取り・物語取り・漢詩取りの技法は『新古今集』の中心となる方法だが、それは指導者の立場にいた俊成がまず試み、また判詞を通してたびたび定家らに示していたものだったのだ。ただし、俊成のそれが「またや見ん交野《かたの》のみ野《の》の桜狩《さくらがり》花の雪散る春のあけぼの」（春下・一一四）のように、『伊勢物語』八二段、交野の地での惟喬親王《これたかのみこ》と在原業平《ありわらのなりひら》の桜狩りの場面を幻視しつつ、あくまで自身が同じその情景に会えた喜びと余命を考えての詠嘆、身に添った抒情が中心なのに対し、たとえば定家のそれは「梅の花にほひをうつす袖《そで》の上に軒漏《のきも》る月の影《かげ》ぞあらそふ」（春上・四四）のように、自身は捨てさり『伊勢物語』四段の、正月の梅の盛りにかつて恋しい人のいた家を訪れ一晩中泣き明かした昔男《むかしおとこ》その人になりきり、物語の世界に入り込んで詠むという、俊成とは次元の異なる物語取りによって生まれる抒情が中心である。

また、保守的な和歌を詠む歌人たちに「達磨歌《だるまうた》」と揶揄《やゆ》された「峰に別るる」「月を片敷《かたし》く」（定家）、「凍《こほ》りて出《い》づる有明《ありあけ》の月」（家隆）といった新風歌人の飛躍表現も、古歌や物語を背景に据えることによって可能になった表現であり、それは一首の奥行きを広げるための工夫であった。『新古今集』の入集歌には、ほかにも初句切れ、三句切れ、体言止めといった技法によって深い抒情を表わそうとする工夫も見られる。しかし、こうした技法の工夫は、ともすれば皮相の華やかさに見えることもあるため、しばしば『新古今集』は内実のない、表現の華やかさに傾いた歌集だと批判されることにもなったのだ。

本書は歌集の形が類推できるよう歌を選び配列した抜粋本である。撰者と後鳥羽院が目指した世界を味わうためにも、ぜひ集全体を読む機会を持っていただきたい。（吉野朋美）

八代集一覧

※歌数は『新編国歌大観』による

古今和歌集	醍醐天皇下命　紀友則・紀貫之・凡河内躬恒・壬生忠岑撰	延喜五年(九〇五)成立	二〇巻 一一一一首
後撰和歌集	村上天皇下命　清原元輔・紀時文・大中臣能宣・源順・坂上望城撰	天暦五年(九五一)以後、天徳二年(九五八)までに成立	二〇巻 一四二五首
拾遺和歌集	花山院撰か(集に先立ち、藤原公任撰『拾遺抄』が成立)	寛弘二年(一〇〇五)~四年成立	二〇巻 一三五一首
後拾遺和歌集	白河天皇下命 藤原通俊撰	応徳三年(一〇八六)成立	二〇巻 一二一八首
金葉和歌集	白河院下命 源俊頼撰	二度本:天治二年(一一二五)頃成立 三奏本:大治元年(一一二六)~二年成立	一〇巻 七一七首 一〇巻 六五〇首
詞花和歌集	崇徳院下命 藤原顕輔撰	仁平元年(一一五一)頃成立	一〇巻 四一五首
千載和歌集	後白河院下命 藤原俊成撰	文治四年(一一八八)成立	二〇巻 一二八八首
新古今和歌集	後鳥羽院下命　源通具・藤原有家・藤原定家・藤原家隆・藤原雅経・寂蓮(撰中没)撰	元久二年(一二〇五)成立(竟宴)、承元四年(一二一〇)頃成立	二〇巻 一九七八首

「堀河百首」の中心歌人として企画も推進。白河院の命で『金葉集《きんようしゅう》』を撰進。歌論『俊頼髄脳《としよりずいのう》』、家集『散木奇歌集《さんぼくきかしゅう》』。

源　当純《みなもとのまさずみ》　生没年未詳（９世紀後半頃〜10世紀前半頃）――27

従五位上。能有の五男。太皇太后宮少進を経て少納言。

源　通光《みなもとのみちてる》　(1187〜1248)――*164*

従一位太政大臣。内大臣通親の子。母は藤原範兼の娘。通具の弟。後久我《ごこが》太政大臣とも。

源　通具《みなもとのみちとも》　(1171〜1227)――*197*

正二位大納言。内大臣通親の二男。母は平教盛の娘。通光の兄。俊成の娘を妻としたが、父の政略のために離別。和歌所寄人《よりうど》。『新古今集』撰者。

源　宗于《みなもとのむねゆき》　(？〜939)――71

正四位下右京大夫。光孝天皇の孫で、是忠親王の子。源姓を賜り、臣籍降下。三十六歌仙。家集『宗于集』。

源　頼政《みなもとのよりまさ》　(1104〜1180)――*191*

非参議従三位右京権大夫。仲正の子。母は藤原友実の娘。武家歌人で、俊恵《しゅんえ》・俊成らに重んじられた。以仁王《もちひとおう》を奉じて平家討伐の兵を挙げたが、敗れて自害した。源三位・蓮華寺殿とも。家集『従三位頼政集』。

壬生忠岑《みぶのただみね》　生没年未詳（９世紀後半頃〜10世紀前半頃）――57,74,94,102,106

六位。「忠峯」とも。安綱の子。忠見の父。右衛門府生。延喜７年の大堰川《おおいがわ》行幸に供奉《ぐぶ》して和歌を詠進。天慶８年(945)には『和歌体十種』を撰したといわれるが、彼に仮託された11世紀頃の歌論書だろう。『古今集』撰者。三十六歌仙。家集『忠岑集』。

紫式部《むらさきしきぶ》　(973頃？〜1014頃？)――*273*

藤原為時の娘。母は藤原為信の娘。藤原宣孝の妻となって大弐三位を生む。夫の没後、一条天皇中宮彰子《しょうし》(上東門院)に仕え、藤式部とよばれた。紫式部はあだ名かといわれる。著『源氏物語』『紫式部日記』。家集『紫式部集』。

山部赤人《やまべのあかひと》　生没年未詳（８世紀前半頃）――*220*

「山辺」とも。伝未詳。聖武天皇の行幸時の歌が『万葉集』に多く収められている。三十六歌仙。

良岑宗貞《よしみねのむねさだ》　→遍昭《へんじょう》

井《い》と号し、代々蹴鞠《けまり》と歌の家として宮廷に仕えるようになる。

藤原基俊《ふじわらのもとし》 (1060頃〜1142)――――――――――――――――――――――――――*267*

従五位上左衛門佐。俊家の子。母は高階順業の娘。和漢の学に優れ、源俊頼《としより》とともに院政期歌壇の指導者。俊成の和歌の師。道長の曾孫に当たるが卑官に終始した。法名覚瞬。編著『新撰朗詠集』、家集『基俊集』。

藤原良経《ふじわらのよしつね》 (1169〜1206)――――――――――*162,181,185,188,209,250,252,277*

従一位摂政太政大臣。「りょうけい」とも。後京極殿《ごきょうごくどの》と称される。九条兼実の二男。母は藤原季行の娘。慈円の甥。歌を俊成に、詩を藤原親経に学び、慈円や定家・寂蓮・家隆らと和歌の催しを重ね、新風和歌を生む土壌をつくった。和歌所寄人筆頭で、『新古今集』仮名序作者。家集『秋篠月清集《あきしのげつせいしゅう》』。

藤原良房《ふじわらのよしふさ》 (804〜872)――――――――――――――――――――――――――――――**33**

従一位摂政太政大臣。贈正一位。冬嗣の二男。母は尚侍藤原美都子。白河大臣・染殿大臣とも称する。忠仁公と諡《おくりな》。娘明子を文徳天皇の妃とし、その子清和天皇を即位させ、人臣初の太政大臣となる。

藤原因香《ふじわらのよるか》 生没年未詳(９世紀後半頃〜10世紀前半頃)――――――――――**39**

従四位下典侍。高藤・尼敬信の娘。清和から醍醐までの五代の天皇に仕えた。

文屋有季《ふんやのありすえ》 生没年未詳(９世紀中頃)――――――――――――――――――――**141**

有材とも。伝未詳。

文屋康秀《ふんやのやすひで》 生没年未詳(９世紀中頃)――――――――――――――――**26,63,64**

宗于の子。刑部中判事、三河掾《みかわのじょう》を経て山城大掾、縫殿助《ぬいのすけ》。六歌仙。文琳と称した。

遍昭《へんじょう》 (816〜890)――――――――――――――――**30,48,59,61,122,128,131,***226*

従五位上。僧正。「遍照」とも。俗名良岑宗貞《よしみねのむねさだ》。桓武《かんむ》天皇の孫。良岑安世《やすよ》の子。素性《そせい》法師の父。仁明天皇に仕え、蔵人頭となったが、天皇の崩御により出家。比叡山で天台密教を学び僧正に至る。貞観年間(859〜877)に山城の花山に元慶寺《がんぎょうじ》を創建し、座主となった。花山僧正。六歌仙・三十六歌仙。家集『遍昭集』。

源融《みなもとのとおる》 (822〜895)――――――――――――――――――――――――――――――**116,132**

従一位。嵯峨天皇の皇子。母は大原全子。源姓を賜り、臣籍降下。相模守、伊勢守、参議等を経て左大臣。河原左大臣とよばれた。

源俊頼《みなもとのとしより》 (1055〜1129)――――――――――――――――――――――――――――*190*

従四位上木工頭《もくのかみ》。経信の子。母は源貞亮の娘。俊恵《しゅんえ》の父。堀河歌壇で活躍し、

正二位権中納言。兼光の子。母は源家時の娘。

藤原高子《ふじわらのたかいこ》 (842〜910)――24

藤原長良《ながら》の次女。母は藤原総継の娘。関白太政大臣藤原基経の妹。清和天皇の東宮時代にその妃となり、陽成天皇を生む。のち中宮となり、二条《にじょう》の后《きさき》とよばれた。陽成天皇即位後皇太后となったが、僧侶との密通を疑われ廃后、のち復された。

藤原忠良《ふじわらのただよし》 (1164〜1225)――*185*

正二位大納言。摂政基実の二男。母は藤原顕輔《あきすけ》の娘。良経は従兄。粟田口《あわたぐち》大納言・鳴滝大納言とも。

藤原俊成《ふじわらのとしなり》 (1114〜1204)――*177,184,186,211,222,224,228,236,251,270*

非参議正三位皇太后宮大夫。「しゅんぜい」とも。俊忠の子。母は伊予守敦家の娘。初名顕広《あきひろ》。出家して法名釈阿《しやくあ》。和歌を藤原基俊《もととし》に学び、源俊頼《としより》に私淑《ししゆく》して、六条家《ろくじようけ》学に対する御子左家《みこひだりけ》の歌学を創りあげ、寂蓮《じやくれん》・定家らとともに歌壇を指導した。後白河院の命で『千載集《せんざい》』を撰進する。「六百番歌合」の判者。歌論『古来風躰抄《こらいふうていしよう》』、家集『長秋詠藻《ちようしゆうえいそう》』。

藤原俊成女《ふじわらのとしなりのむすめ》 (1171頃〜1254)――*176,221,249,251,264*

藤原盛頼の娘。母は藤原俊成の娘。祖父俊成の養女となる。源通具《みちとも》に嫁して具定を生み、のち後鳥羽院に出仕。「下もえの少将」とも。出家後、嵯峨禅尼・越部禅尼《こしべのぜんに》。歌論『越部禅尼消息』、家集『俊成卿女集』。

藤原敏行《ふじわらのとしゆき》 (?〜901?)――51,89,100,150

従四位上右兵衛督《うひようえのかみ》。富士麿の長男。母は紀名虎《きのなとら》の娘。蔵人頭、図書頭、東宮大進などを歴任。宇多天皇期の中心的歌人の一人。没年は907年とも。三十六歌仙。家集『敏行集』。

藤原秀能《ふじわらのひでよし》 (1184〜1240)――*165*

正五位上出羽守。「ひでとう」とも。河内守秀宗の二男。母は源光基の娘。後鳥羽院の北面の武士となり、歌才を認められて院の寵遇《ちようぐう》を得、和歌所寄人《よりうど》となる。承久の乱後、出家、法名如願《によがん》。家集『如願法師集』。

藤原雅経《ふじわらのまさつね》 (1170〜1221)――*202,206*

従三位参議。頼経の子。母は源顕雅の娘。祖父頼輔に歌と鞠《まり》を学び、さらに俊成についた。和歌所寄人。『新古今集』撰者。家集『明日香井和歌集』。家を飛鳥《あすか》

に学び、定家と並び称された。和歌所寄人。『新古今集』撰者。家集『壬二《みに》集』（玉吟集）。

藤原興風《ふじわらのおきかぜ》　生没年未詳（９世紀後半頃～10世紀前半頃）――――**101,134**

正六位治部丞。浜成曾孫で、道成の子。古今時代の有数の歌人で、管絃《かんげん》の名手であったという。三十六歌仙。家集『興風集』。

藤原兼実《ふじわらのかねざね》　(1149～1207)――――*289*

従一位摂政関白太政大臣。忠通《ただみち》の子。母は大宮権大進仲光の娘。九条家の祖。慈円の兄。良経の父。清輔・俊成に和歌を学んだ。日記『玉葉《ぎよくよう》』。

藤原兼輔《ふじわらのかねすけ》　(877～933)――――**121**,*242*

従三位中納言、右衛門督《うえもんのかみ》。利基《としもと》の子。母は伴氏。清正の父。紫式部の曾祖父。紀貫之・凡河内躬恒らを後援。邸が賀茂川の堤近くにあったので、堤中納言《つつみちゆうなごん》と称された。三十六歌仙。家集『兼輔集』。

藤原清輔《ふじわらのきよすけ》　(1104～1177)――――*194,215,285*

正四位下太皇太后宮大進。顕輔《あきすけ》の子。母は高階能遠の娘。六条家の歌道を支え、顕昭・重家らとともに俊成に対した。二条天皇のもと『続詞花《しよくしか》集』を撰んだが、天皇早世により勅撰とならなかった。歌学書『袋草紙《ふくろぞうし》』『奥義抄《おうぎしよう》』など。家集『清輔朝臣集』。

藤原定家《ふじわらのさだいえ》　(1162～1241)――――*168,169,197,219,227,237,253,258,265,268,271*

正二位権中納言。「ていか」とも。俊成の子。母は美福門院加賀《びふくもんいんかが》。京極中納言とも。俊成を承《う》けて御子左家《みこひだりけ》の歌道を確立し、九条家・後鳥羽院・順徳院歌壇で活躍、和歌史上に傑出する。和歌所寄人。『新古今集』撰者。『新勅撰集』を独撰。日記『明月記《めいげつき》』、歌論『近代秀歌』『詠歌大概《えいがのたいがい》』等。『定家八代抄』『百人一首』等を撰。家集『拾遺愚草《しゆういぐそう》』。

藤原実定《ふじわらのさねさだ》　(1139～1191)――――*166*

正二位左大臣。後徳大寺《ごとくだいじ》左大臣とも。公能の子。母は藤原俊忠の娘。俊成の甥《おい》に当たる。家集『林下集《りんげしゆう》』。

藤原季通《ふじわらのすえみち》　生没年未詳（12世紀前半頃）――――*193*

正四位下備後守。宗通の三男。母は顕季の娘。太政大臣伊通の弟、大納言成道の兄。管絃《かんげん》の名手。

藤原資実《ふじわらのすけざね》　(1162～1223)――――*225*

平 貞文《たいらのさだふん》　(872？～923)――66

従五位上。定文とも。好風《よしかぜ》の子。内舎人《うどねり》を経て三河権介《みかわのごんのすけ》。延喜5年「平貞文家歌合」、同6年「平貞文歌合」等がある。『平中物語』の主人公とされる。

伝教大師《でんぎょうだいし》　(767～822)――*291*

俗姓三津《みつ》。近江《おうみ》の人。比叡山延暦寺《ひえいざんえんりゃくじ》を創建。のち入唐し、帰朝後、天台宗の開祖となった。僧名最澄《さいちょう》、伝教大師は勅諡号《ちょくしごう》。著書『顕戒論』など。

二条院讃岐《にじょういんのさぬき》　(1141頃～1217頃)――*214,259*

二条天皇に仕えた女房。源頼政《よりまさ》の娘。母は源斉頼の孫。天皇崩御後、藤原重頼《しげより》の妻となり一女をもうける。建久年間(1190～99)に後鳥羽院中宮の宜秋門《ぎしゅうもん》院《いん》に仕え、その後出家、隠棲。家集『二条院讃岐集』。

仁徳天皇《にんとくてんのう》　生没年未詳――*223*

第16代天皇。応神天皇の第四皇子。母は仲姫。諱《いみな》は大鷦鷯尊《おおさざぎのみこと》。

能因法師《のういんほうし》　(988～？)――*177*

橘元愷《もとやす》の子。俗名永愷《ながやす》。はじめ融因、のち能因。諸国を旅し、歌人たちと幅広い交流があった。編著『玄々集』『能因歌枕』、家集『能因法師集』。

祝 部成茂《はふりべのなりもち》　(1180～?)――*212*

従四位上丹後守、大蔵少輔《おおくらしょう》。「なりしげ」とも。允仲(政仲)の子。近江日吉《ひえ》大社(滋賀県大津市)の禰宜《ねぎ》。家集『祝部成茂集』。

春道列樹《はるみちのつらき》　(？～920？)――68,75

新名宿禰の子。文章生《もんじょうしょう》。壱岐守《いきのかみ》となったが着任前に没。

藤 原 顕輔《ふじわらのあきすけ》　(1090～1155)――*200*

顕季《あきすえ》の子。母は大宰大弐経平《つねひら》の娘。清輔・重家・顕昭《けんしょう》(猶子)らの父。六条家歌学を継ぎ、崇徳院《すとくいん》の命をうけ『詞花《しか》集』を撰進。家集『左京大夫顕輔卿集』。

藤 原 顕綱《ふじわらのあきつな》　(？～1103)――*233*

正四位下。讃岐守《さぬきのかみ》。兼経《かねつね》の子。母は藤原順時の娘弁乳母《べんのめのと》。家集『讃岐《さぬき》入道集』。

藤 原 有家《ふじわらのありいえ》　(1155～1216)――*273*

非参議従三位大蔵卿。重家《しげいえ》の三男。母は藤原家成の娘。経家・顕家の兄。本名は仲家。和歌所寄人《よりうど》。『新古今集』撰者。

藤 原 家隆《ふじわらのいえたか》　(1158～1237)――*168,198,203,218,237,238,260,266*

非参議従二位。光隆《みつたか》の子。母は藤原実兼《さねかね》の娘。隆祐《たかすけ》の父。壬生二品《みぶにほん》とも。俊成

源俊賢《としかた》の娘か。『成尋阿闍梨母集《じようじんあじやりのはは》』は、子の成尋の入宋を悲しみ、その思いを綴《つづ》った日記的家集。

式子内親王《しよくしないしんのう》　(1149〜1201)――――*164,179,183,187,209,218,244,245*

准三宮。「しきしないしんのう」とも。後白河《ごしらかわ》天皇の第三皇女。母は藤原成子。守覚《しゆかく》法親王・以仁《もちひと》王と同腹の姉。法名承如法。大炊御門斎院《おおいみかどのさいいん》・萱斎院《かやのさいいん》とも。俊成を和歌の師とする。家集『式子内親王集』。

白女《しろめ》　生没年未詳(10世紀前半頃)――――**81**

参議大江音人《おとんど》の子の玉淵の娘という。摂津国江口の遊女。

菅原孝標女《すがわらのたかすえのむすめ》　(1008〜？)――――*171*

父は道真の玄孫。母は藤原倫寧《ともやす》の娘。道綱《みちつな》母の姪。寛仁４年(1020)父の任国上総《かずさ》より上京。祐子《ゆうし》内親王家に仕えた女房。橘俊通《としみち》の妻。『更級《さらしな》日記』の著者。

菅原道真《すがわらのみちざね》　(845〜903)――――**88**,*283,284,285*

従二位右大臣。贈正一位太政大臣。是善《これよし》の子。宇多・醍醐《だいご》天皇の信任厚く、寛平６年(894)遣唐大使に任じられたが建議してこれを廃止。右大臣となったが、藤原時平の中傷により大宰権帥《だざいのごんのそち》に左遷された。『新撰(菅家)万葉集』『日本三代実録』『類聚国史《るいじゆうこくし》』等の編纂《へんさん》者。漢詩文集に『菅家文草』『菅家後集』。家集はいずれも後人の編纂で伝承歌も含まれる。

蟬丸《せみまる》　生没年未詳(10世紀前半頃)――――*286*

伝未詳。宇多天皇第八皇子敦実《あつみ》親王に使えた雑色《ぞうしき》とも、醍醐天皇の第四皇子ともいわれるが、伝説的人物で実像は不明。盲目で和歌をよくし、逢坂山《おうさかやま》に庵を結び、琵琶《びわ》の名手であったと伝えられる。

承均法師《そうくほうし》　生没年未詳(９世紀後半頃)――――**38**

伝未詳。元慶(877〜885)頃の人か。

素性法師《そせいほうし》　生没年未詳(９世紀後半頃)――――**25,35,44,93,115,144**

俗名良岑玄利《よしみねのはるとし》。良因《よしより》朝臣とも。遍昭の子。貞観・延喜頃の人。左近将監《さこんのしようげん》、のち出家し、雲林院に住む。権律師《ごんりつし》となる。三十六歌仙。家集『素性集』。

曾禰好忠《そねのよしただ》　生没年未詳(10世紀頃)――――*246*

円融・花山天皇の頃の人。六位の丹後掾《たんごのじよう》であったところから、曾丹後《そたんご》・曾丹とよびなされた。常軌を逸した言動が多く、宮廷歌壇の枠外で意欲的な活動をした。百首歌など定数歌の創始者の一人。家集『曾丹集(好忠集)』。

従五位下。備前権大目《ごんだいさかん》、のち土佐守。

坂上是則《さかのうえのこれのり》　生没年未詳(9世紀後半頃〜10世紀前半頃)——73,75

従五位下。大和権少掾《ごんしょうじょう》、のち加賀介《かがのすけ》。三十六歌仙。家集『是則集』。

三条町《さんじょうのまち》(紀静子《きのせいし》)　生没年未詳(9世紀前半頃)——135

紀名虎《きのなとら》の娘。「しずこ」とも。文徳天皇更衣《こうい》で惟喬《これたか》親王の母。

慈円《じえん》　(1155〜1225)——187,207,221,229,243,263

大僧正。法名ははじめ道快、のち慈円、死後、慈鎮と諡《おくりな》。藤原忠通《ただみち》の六男。母は藤原仲光の娘。兼実《かねざね》らの弟。九条家の一員として政治に関与し、政変のたびに天台座主《てんだいざす》を辞任、更任すること四度に及ぶ。和歌所寄人《よりうど》となり、『古今集』に西行についで多く入集。歴史書『愚管抄《ぐかんしょう》』、家集『拾玉集《しゅうぎょくしゅう》』『無名《むみょう》和歌集』。

慈覚大師《じかくだいし》　(794〜864)——275

贈法印大和尚位。俗姓壬生《みぶ》。法名円仁《えんにん》。死後、慈覚大師と諡。第三代天台座主《てんだいざす》。伝教大師最澄《でんぎょうだいしさいちょう》の弟子で、承和5年(838)入唐、『入唐求法巡礼行記《にっとうぐほうじゅんれいこうき》』を著す。

志貴皇子《しきのみこ》　(?〜716頃)——166

天智天皇の第七皇子。光仁天皇の父で、田原天皇と諡号される。柿本人麿《かきのもとのひとまろ》(人麻呂)と同時代の万葉歌人。

持統天皇《じとうてんのう》　(645〜702)——182

第41代天皇。天智天皇の第二皇女。母は蘇我倉山田石川麻呂《そがのくらやまだのいしかわまろ》の娘。諱《いみな》は鸕野《うのの》讃良《さらら》。天武天皇の皇后で、天皇の崩御後即位。

寂然法師《じゃくねんほうし》　生没年未詳(12世紀頃)——292

従五位下。俗名藤原頼業《よりなり》。唯心房。為忠《ためただ》の子。母は橘俊宗の娘。壱岐守《いきのかみ》。常磐三《ときわさん》寂《じゃく》の一人で、寂念・寂超の弟。家集『寂然法師集』『唯心房《ゆいしんぼう》集』『法門百首』。

寂蓮法師《じゃくれんほうし》　(1139頃〜1202)——173,180,195,207,261

従五位下。俗名藤原定長《さだなが》。阿闍梨俊海《あじゃりしゅんかい》の子。伯父俊成の養子となる。中務少輔《なかつかさしょう》、左中弁。和歌所寄人《よりうど》、『新古今集』撰者の一人に任命されたが、撰進前に没。家集『寂蓮法師集』。

俊恵法師《しゅんえほうし》　(1113〜?)——205,213

源俊頼《としより》の子。母は木工助敦隆《もくのすけあつたか》の娘。東大寺の僧。大夫公とも。白川の自邸歌林《かりん》苑《えん》で多くの人々と歌交を持った。家集『林葉和歌集』。

成尋法師《じょうじんほうし》の母《はは》　生没年未詳(11世紀頃)——232

右京権大夫源師光《もろみつ》の娘。母は後白河院の女房安芸《あき》。具親《ともちか》の妹。後鳥羽院に仕えた。「千五百番歌合」で詠んだ歌によって若草の宮内卿の異名を取ったという。当時、俊成女《としなりのむすめ》と並び称された女流歌人。

元明天皇《げんめいてんのう》　(661〜721)――――*235*

第43代天皇。在位707〜15。天智天皇の四女。諱《いみな》は阿閇《あへ》。草壁皇子の妃。文武・元正両天皇の母。平城京遷都、『古事記』『風土記』の編纂《へんさん》、和同開珎《わどうかいちん》の鋳造などを行なった。

光孝天皇《こうこうてんのう》　(830〜887)――――**28**

第58代天皇。在位884〜887。仁明天皇第三皇子。母は紀伊守藤原総継《ふさつぐ》の娘、沢子《たくし》。諱《いみな》は時康。仁和《にんな》の帝《みかど》、小松天皇とも。文徳、清和、陽成天皇に仕え、一品式部卿となっていたが、藤原基経《もとつね》の推挙により即位。家集『仁和御集』。

小侍従《こじじゅう》　(1121頃？〜1202頃？)――――*257*

石清水《いわしみず》別当紀光清の娘。母は花園左大臣家女房小大進。二条院、太皇太后宮多子、高倉院に仕えた。家集『小侍従集』。

後鳥羽院《ごとばいん》　(1180〜1239)――――*163, 167, 175, 201, 229, 240, 243, 262, 280*

第82代天皇。高倉天皇第四皇子。母は七条院藤原殖子《しょくし》。諱は尊成《たかひら》。譲位後院政を開始。和歌所を再興、『新古今集』の撰集を親裁した。承久３年(1221)、鎌倉幕府打倒を企てたが敗れ、隠岐《おき》に流された。追号ははじめ顕徳院、のち後鳥羽院。隠岐院とも。歌論『後鳥羽院御口伝』、家集『後鳥羽院御集』など。

惟喬親王《これたかのみこ》　(844〜897)――――**37**

文徳天皇第一皇子。母は紀名虎《きのなとら》の娘、静子(三条町)。藤原明子に惟仁《これひと》親王(清和天皇)が生まれたため、皇太子となれなかった。大宰帥《だざいのそち》、弾正尹《だんじょうのいん》を経て出家、小野の里に籠《こも》った。小野宮《おののみや》とも。

西行法師《さいぎょうほうし》　(1118〜1190)――――

――*172, 189, 194, 196, 204, 205, 213, 216, 217, 233, 239, 254, 272, 278, 279, 281, 293*

俗名佐藤義清《のりきよ》。左衛門尉《さえもんのじょう》康清《やすきよ》の子。母は源清経の娘。徳大寺家の随身《ずいじん》で鳥羽上皇北面の武士。23歳のとき出家。法名円位。大宝房とも。修行、歌作、旅を続けて生涯を終えた。『新古今集』には94首が載り、もっとも入集が多い。家集『山家集』『西行法師集』など。

酒井人真《さかいのひとざね》　(？〜917)――――**118**

遂げられず、元久元年(1204)出家、大原や日野に隠棲。法名蓮胤《れんいん》。編著『方丈記』『無名抄』『発心集』など、家集『鴨長明集』。

河島皇子《かわしまのみこ》 (？～691)――――――――――――――――――――――――――*276*

天智天皇の子。母は忍海造小竜《おしぬみのみやつこおたつ》の娘色夫古娘《しこぶのこのいらつめ》。『万葉集』には『新古今集』に採られた一首のみ入集。

宜秋門院丹後《ぎしゅうもんいんのたんご》 生没年未詳(12世紀頃)――――――――――――――――――*200*

後鳥羽天皇の頃の人。源頼行《よりゆき》の娘。はじめ九条兼実《かねざね》家に仕え、のち後鳥羽院の中宮、宜秋門院任子《にんし》に仕えた。定家や隆信と交渉。

喜撰法師《きせんほうし》 生没年未詳――――――――――――――――――――――――――――141

伝未詳。宇治山に住んだことが歌からわかる。『和歌作式』(『喜撰式』)の著者に擬されている。六歌仙。

儀同三司《ぎどうさんし》の母《はは》 (？～996)――――――――――――――――――――――*255*

従三位。高階貴子《たかしなのきし》。従二位成忠の娘。中関白藤原道隆の妻となり、伊周《これちか》(儀同三司)、一条天皇皇后定子《ていし》、隆家らをもうけた。

紀貫之《きのつらゆき》 (872？～945)――――――――――――――――――――――――――――

――――――――――23,27,29,33,41,43,52,64,68,69,72,76,80,81,90,95,128,*231*

従五位上。茂行《もちゆき》の子。土佐守、朱雀院別当などを経て木工権頭《もくのごんのかみ》。若くして「寛平御時后宮歌合《かんぴょうのおおんときききさいのみやうたあわせ》」や「是貞《これさだ》親王家歌合」に歌をとられ、以後「亭子院女郎花合《ていじのいんおみなえしあわせ》」「亭子院歌合」「内裏《だいり》菊合」などに歌を詠進している。また、延喜7年(907)には宇多法皇の大堰川《おおいがわ》行幸に供奉《ぐぶ》し、歌と序文を奉った。『新撰和歌』を編み、数多くの屛風歌《びょうぶうた》を作り、当時の公的世界に仮名文字の文芸としての和歌の地歩を築くのに、大きな役割を果たした。『土佐日記』は土佐国からの帰任途中の旅日記。『古今集』撰者。三十六歌仙。家集『貫之集』。

紀友則《きのとものり》 (？～905頃)――――――――――――――――31,39,47,53,101,103

有朋《ありとも》の子。貫之のいとこ。土佐掾《とさのじょう》、大内記。『古今集』撰者。三十六歌仙。家集『友則集』。

清原深養父《きよはらのふかやぶ》 生没年未詳(9世紀後半頃～10世紀前半頃)――――――――49,74

従五位下。備前守房則《ふさのり》の子、元輔《もとすけ》の祖父。内匠允《たくみのじょう》、内蔵大允《くらのだいじょう》。兼輔《かねすけ》や貫之と親交があった。家集『深養父集』。

宮内卿《くないきょう》 (？～1205頃)――――――――――――――*171,178,179,208,257*

大江千里《おおえのちさと》　生没年未詳（９世紀後半頃〜10世紀前半頃）――――55, *170*

中務大丞《なかつかさだいじょう》。一時、伊予権守。音人《おとんど》の子。宇多天皇の命により『句題和歌』（別名『大江千里集』）を撰進。

凡河内躬恒《おおしこうちのみつね》　生没年未詳（９世紀後半頃〜10世紀前半頃）――――32, 42, 45, 49, 50, 57, 59, 65, 95, 102, 108, 113

和泉権掾《いずみのごんのじょう》。延喜７年（907）宇多法皇の大堰川《おおいがわ》行幸に供奉《ぐぶ》して、貫之《つらゆき》・是則《これのり》・忠《ただ》岑《みね》らとともに和歌を詠進、同16年の石山寺御幸、同21年の春日社御参詣等にも和歌を奉った。『古今集』撰者。三十六歌仙。家集『躬恒集』。

大友黒主《おおとものくろぬし》　生没年未詳（９世紀前半頃〜10世紀前半頃）――――40, 118

「大伴」とも。天長（824〜34）頃の生れか。弘文天皇（大友皇子）の末裔《まつえい》で、近江国滋賀郡大友郷の豪族。醍醐《だいご》天皇の大嘗会《だいじょうえ》に風俗歌を奉り、延喜17年（917）の宇多法皇の石山寺参詣の折に和歌を詠進した。六歌仙。

大伴家持《おおとものやかもち》　（718〜785）――――*192, 215*

従三位。旅人の子。越中守、兵部少輔《ひょうぶのしょう》などを歴任後因幡守《いなばのかみ》に左遷され、以後、薩摩《さつま》守、大宰少弐《だざいのしょうに》など長い地方生活を経て、中納言兼春宮《とうぐう》大夫《だいぶ》陸奥《むつ》按察使《あぜち》鎮守府将軍。『万葉集』の編者かと考えられている。三十六歌仙。

小野小町《おののこまち》　生没年未詳（９世紀中頃）――――42, 98, 99, 107, 110, 124, 125, 137, *230*

仁明・文徳・清和天皇の頃の人。伝未詳。六歌仙、三十六歌仙。家集に『小町集』があるが後代の編纂《へんさん》で真作以外も入る。

小野篁《おののたかむら》　（802〜852）――――84, 127

従三位。参議岑守《みねもり》の長男。清原夏野《きよはらのなつの》らと『令義解《りょうのぎげ》』を編纂《へんさん》。承和元年（834）遣唐副使に任ぜられたが大使と争い進発しなかったため隠岐《おき》に流罪。のち許されて参議。仁寿２年（852）左大弁。漢詩集『野相公集』、家集『小野篁集』。

柿本人麿《かきのもとのひとまろ》　生没年未詳（７世紀後半頃）――――*280*

伝未詳。「人麻呂《ひとまろ》」とも。天武・持統・文武朝で活躍した宮廷歌人で、持統天皇・草壁皇子・高市皇子などへの献歌がある。『万葉集』の代表的歌人で、後世「歌聖」と仰がれた。三十六歌仙。

鴨長明《かものちょうめい》　（1155〜1216）――――*199, 274, 288*

従五位下。賀茂《かも》社禰宜《ねぎ》長継の二男。和歌を俊恵《しゅんえ》に、琵琶《びわ》を中原有安について学ぶ。後鳥羽院の殊遇を得て和歌所寄人《よりうど》の一人に任ぜられた。禰宜を望んで

歌人一覧

太数字は古今集歌、斜体数字は新古今集歌の掲載頁を示す

安倍仲麿《あべのなかまろ》　(698〜770)――――**83**

贈正二位。「阿倍仲麻呂」とも。18歳で遣唐学生に選ばれ、翌年入唐。玄宗皇帝に仕え、李白《りはく》・王維《おうい》らと交わる。唐名、朝衡。天平勝宝５年(753)、遣唐大使藤原清河《きよかわ》とともに帰国しようとしたが果たせず、かの地で没した。

在原業平《ありわらのなりひら》　(825〜880)――――**34,44,67,78,86,87,104,106,109,120,129,134,139**

従四位上。平城天皇の第一皇子阿保《あぼ》親王の五男。行平《ゆきひら》の弟。母は伊都《いと》内親王。右近衛権中将、蔵人頭。在原氏の五男の意で在五中将、在中将ともよばれる。『伊勢物語』の主人公とされる。六歌仙・三十六歌仙。家集『業平集』。

在原棟梁《ありわらのむねやな》　(？〜898)――――**60**

従五位上。業平の長男。東宮舎人《とねり》、左兵衛佐《さひょうえのすけ》兼安芸守《あきのかみ》などを経て筑前守。

在原元方《ありわらのもとかた》　生没年未詳(９世紀後半頃〜10世紀前半頃)――――**22**

棟梁《むねやな》の子。業平《なりひら》の孫。大納言藤原国経《くにつね》の猶子《ゆうし》となる。

在原行平《ありわらのゆきひら》　(818〜893)――――**29,79,138**

正三位。平城天皇の第一皇子阿保《あぼ》親王の二男。按察《あぜち》使中納言。文徳天皇の時代に須磨に流された。

和泉式部《いずみしきぶ》　生没年未詳(10世紀後半頃〜11世紀前半頃)――――*256*

越前守《えちぜんのかみ》大江雅致《まさむね》の娘。母は平保衡《やすひら》の娘。和泉守橘道貞《たちばなのみちさだ》の妻。のち冷泉院の第三皇子為尊《ためたか》親王、ついで弟敦道《あつみち》親王と恋愛。宮の死後上東門院彰子《しょうし》に仕え、さらに藤原保昌の妻となって丹後に下った。小式部《こしきぶ》は道貞との間の娘。

伊勢《いせ》　生没年未詳(９世紀後半頃〜10世紀前半頃)　**31,36,111,117,122,123,125,***246*

大和守《やまとのかみ》藤原継蔭《つぐかげ》の娘。父の任地によって「伊勢」と呼ばれたのであろう。宇多天皇后温子《おんし》に仕えた頃、藤原仲平《なかひら》を愛したが失恋。傷心のうち、宇多天皇の寵を受け皇子を出産。のち敦慶《あつよし》親王に愛され、中務《なかつかさ》を生んだ。三十六歌仙。家集『伊勢集』。

伊都内親王《いとないしんのう》　(？〜861)――――**133**

「伊登《いと》」とも。桓武《かんむ》天皇の皇女。母は藤原平子《へいし》。在原業平《なりひら》の母。荘園などを山階寺《やましなでら》(現在の興福寺)の東院西堂に香灯読経料として寄進したときの願文が残る。

初句索引

太数字は古今集歌、斜体数字は新古今集歌の掲載頁を示す

校訂・訳者紹介

小沢正夫——おざわ・まさお
一九一二年、東京都生れ。東京大学卒。平安文学専攻。愛知県立大学名誉教授。主著『古今集の世界』『万葉集と古今集』『作者別年代別 古今和歌集』『フランスの日本古典研究』ほか。二〇〇五年逝去。

松田成穂——まつだ・しげほ
一九二六年、北海道生れ。東北大学卒。平安文学専攻。金城学院大学名誉教授。主著『古今集研究資料稿』『平安朝文芸論』『三代集の研究』（共著）『平安時代の作家と作品』（共著）ほか。二〇〇一年逝去。

峯村文人——みねむら・ふみと
一九一三年、長野県生れ。東京文理科大学卒。和歌史・中世文学専攻。東京教育大学名誉教授。主著『定本芭蕉大成』（共著）『徒然草解釈大成』（共編）『百人一首』ほか。二〇〇四年逝去。

日本の古典をよむ⑤

古今和歌集・新古今和歌集

二〇〇八年九月三〇日　第一版第一刷発行
二〇二四年一〇月七日　第五刷発行

校訂・訳者　小沢正夫・松田成穂・峯村文人
発行者　石川和男
発行所　株式会社 小学館
〒一〇一-八〇〇一
東京都千代田区一ツ橋二-三-一
電話　編集　〇三-三二三〇-五一七〇
販売　〇三-五二八一-三五五五
印刷所　大日本印刷株式会社
製本所　牧製本印刷株式会社

◎造本には十分注意しておりますが、印刷、製本など製造上の不備がございましたら「制作局コールセンター」（フリーダイヤル〇一二〇-三三六-三四〇）にご連絡ください。（電話受付は、土・日・祝休日を除く九時三〇分～一七時三〇分）

 ISBN978-4-09-362175-5